Lien de sangs

Ivan Roussin

Lien de sangs

Roman

PLON
www.plon.fr

92, avenue de France
75013 Paris
Tél. : 01 44 16 09 00
Fax : 01 44 16 09 01
www.plon.fr – www.lisez.com

Dépôt légal : juin 2023
ISBN : 978-2-259-31608-8
Mise en pages : Nord Compo

À mes Chiliens préférés :
ma femme, Caroline, et mes trois fils,
Baptiste, Arthur et Jules.

Est de l'Europe

Jeudi 17 février 1944

Le jour s'était levé sur le camp, un froid glacial enveloppait la campagne environnante. L'étendue herbeuse avait été recouverte d'une fine couche de givre que l'on distinguait de l'autre côté des clôtures de barbelés qui entouraient la cour du bloc. La nuit avait été particulièrement courte pour les déportés, rythmée par les gémissements d'un prisonnier qui s'était blessé à l'avant-bras en transportant des traverses de chemin de fer. Il avait refusé de se faire admettre à l'infirmerie car ce lieu était considéré comme l'antichambre de la mort. S'y rendre, c'était avouer sa faiblesse physique ou sa maladie, et admettre son « inutilité » à l'égard de ses bourreaux. La plaie s'était infectée, en dépit des efforts de ses compagnons qui s'étaient employés à le soigner avec des moyens de fortune. Ils avaient tenté d'immobiliser son coude, car la plaie le faisait souffrir lorsque le bras était en mouvement. La douleur étant difficilement supportable, l'infortuné avait commencé à gémir aux environs de minuit et n'avait cessé que deux heures plus tard, terrassé par la fatigue.

Nathanaël Stern parvint à s'extraire de la paillasse qui lui servait de lit sans déranger ses voisins avec lesquels il dormait tête-bêche. Depuis deux mois, il avait inconsciemment réglé son horloge biologique pour se lever avant les autres, vers trois heures trente. Il n'avait que seize ans mais en paraissait deux de plus et n'avait besoin que de peu de sommeil. Ces précieuses minutes d'avance lui permettraient de réaliser une toilette sommaire. Par chance, le baraquement des installations sanitaires était situé à une trentaine de mètres de l'endroit où il dormait. Il s'y rendait donc dès le réveil, bravant le froid. Un robinet laissait passer un filet d'eau saumâtre qu'il utilisait pour se laver. Le rituel quotidien était toujours le même : un peu d'eau sur les aisselles et les parties intimes, en frottant vigoureusement. Ensuite, s'ébrouer pour se sécher, comme un chien, à défaut du moelleux d'une serviette de toilette. Enfin, il fallait supporter la frustration de devoir remettre ses vêtements sales. Ceux-là mêmes qu'il avait récupérés lors de son arrivée au camp, quatre mois plus tôt. Il avait très vite compris que cette chemise et ce pantalon de toile grossière allaient faire corps avec lui. Dans la mesure où ils ne seraient jamais lavés, une hygiène corporelle de fortune devait pallier les affres de ces conditions de vie inhumaines.

La majeure partie de la matinée était consacrée à l'appel des prisonniers. Un moment particulièrement redouté, puisqu'il imposait à tous la station debout durant des heures, dans la cour, souvent dans le froid et en plein vent. Chacun priait pour qu'il n'y ait pas d'erreur de comptage. Un chiffre inexact faisait redémarrer la procédure au début, ce qui vous obligeait donc à rester debout plus longtemps. Cet épisode donnait souvent lieu à des brimades, voire des exécutions sommaires, sur place, dès qu'un détenu montrait le moindre signe de faiblesse. Le voisin de lit de Nathanaël était un Français. Ils avaient été arrêtés le même jour à Paris, et avaient suivi le même trajet passant par Drancy, avant de traverser l'Allemagne dans des wagons à bestiaux, jusqu'à l'arrivée à destination, en Pologne, dans la lumière crue et aveuglante des projecteurs et les aboiements des chiens. Comme Nathanaël avait été séparé de son père, David, incorporé dans un contingent plus âgé dès son arrivée au camp, il avait été ravi de pouvoir se lier d'amitié avec quelqu'un. Jules Lefort avait dix-neuf ans et poursuivait des études de mécanique. C'était un caractère, avec une capacité de résilience impressionnante. Il possédait également un humour qui permettait de dédramatiser certaines situations quotidiennes en les rendant cocasses. Sa partition était toujours la même, il excellait dans le rôle du client exigeant, exaspéré par la piètre qualité du service proposé dans le camp. Il s'adressait aux soldats, quand ceux-ci avaient le dos tourné, comme s'il parlait au concierge ou à la femme de chambre d'un palace. « Dites donc, mon p'tit, vous veillerez à apporter plus de soin au nettoyage des draps car j'y ai repéré des morpions. Cela est indigne d'un établissement de ce standing. »

Dans ce jeu de rôle, il menaçait sans cesse de se « plaindre à la direction », provoquant une hilarité discrète et contrôlée chez ses codétenus. Nathanaël et lui travaillaient ensemble et pouvaient rendre ces corvées moins pénibles. Jules avait un problème de circulation sanguine et le moment de l'appel était toujours une souffrance pour lui. Il était systématiquement perclus de crampes ou souffrait de fourmillements qui n'auraient pu cesser qu'avec des mouvements qu'il lui était impossible de faire. Pour pallier ce handicap, il se levait donc tous les jours un peu plus tôt pour s'adonner à une forme de gymnastique qui tenait plutôt de la gesticulation mais qui avait pour objectif de stimuler sa circulation sanguine. La scène aurait eu quelque chose de drôle si elle n'avait pas eu lieu dans ces circonstances et dans ces lieux. « Ça y est ? Notre athlète olympique a terminé son échauffement ? Prêt à se mettre au garde-à-vous devant les boches ? », le raillaient ses compagnons.

Nathanaël l'invita à l'accompagner afin qu'ils sortent en même temps et se mettent côte à côte lors du rassemblement. Ils sortirent ensemble et en une dizaine de minutes, plus d'une centaine de personnes se rassemblèrent dans la cour centrale. Le comptage pouvait commencer. Pour Nathanaël, c'était l'occasion d'apercevoir son père, de loin, et, souvent, d'échanger quelques mots avec lui au moment où l'on rompait les rangs. Il était donc toujours pressé d'en finir pour pouvoir profiter de ces minutes volées. Ce matin, pourtant, une réelle tension régnait dans le camp, les kapos semblaient plus agressifs qu'à l'accoutumée. Des soldats supplémentaires encadraient le rassemblement. Comme à l'armée, les prisonniers en uniforme rayé étaient alignés. Un soldat, tenant dans sa main un porte-documents à pince retenant les listes dactylographiées, passait les « troupes » en revue en égrenant la litanie des matricules sur un ton lugubre.

L'*Obersturmbannführer*[1] Jurgen Ribbeck apparut, encadré par deux subalternes. Officier supérieur, il avait été nommé commandant du camp. On sentait que cette charge n'était pas en adéquation avec les aspirations légitimes d'un soldat d'origine prussienne, amateur de la chose militaire dans ce qu'elle peut avoir de plus exaltant ou de plus héroïque. Il avait pourtant choisi la SS pour gagner en visibilité en haut lieu et gravir les échelons petit à petit, jusqu'à se voir confier ce commandement. On sentait néanmoins sa frustration de devoir se cantonner à des missions

1. Grade utilisé au sein du parti nazi dès 1933, son équivalent français est celui de lieutenant-colonel.

administratives plutôt que de diriger un régiment. Il avait un port altier, une élégance aristocratique dans son long manteau d'uniforme. Son visage, aquilin, et ses yeux d'un vert profond auraient quasiment pu lui donner une apparence avenante, néanmoins il avait la réputation d'être particulièrement sadique. Il n'avait pas l'habitude de se rendre aux rassemblements matinaux et sa seule présence signifiait qu'il allait se passer quelque chose.

Il prit la parole sur un ton grave : « Vous êtes tous ici pour travailler afin de soutenir les efforts de guerre du Reich. Nous ne pouvons tolérer les attitudes de résistance à l'autorité et encore moins des actes de trahison et de sabotage. Trois prisonniers du Bloc 7 ont mis au point un projet d'évasion du camp. Ils ont été dénoncés à temps et leur projet n'a pu être mis à exécution. Que cela serve d'exemple à tous. » Il marqua un temps d'arrêt et prononça une formule lapidaire en élevant la voix : « On ne s'enfuit pas de ce camp ! »

Nathanaël avait du mal à appréhender une situation qui semblait confuse. Tout juste avait-il assimilé que le Bloc 7 était celui dans lequel son père était incarcéré. Il ne parvenait pas à comprendre si les trois personnes dont parlait Ribbeck avaient été appréhendées en flagrant délit d'évasion ou sur dénonciation, à un stade préliminaire du projet.

Il chercha son père du regard et vit qu'il n'était pas dans les rangs. Ce n'était pas forcément un motif d'inquiétude car, souvent, il avait du mal à l'apercevoir de loin. Les visages creusés avaient tendance à tous se ressembler et il y avait plusieurs centaines de personnes, ce qui rendait le repérage difficile. Lui-même était au quatrième rang de son groupe et n'avait donc qu'une vue latérale vers l'endroit où se trouvaient les officiers.

Ribbeck appela Werner Allofs, un jeune lieutenant de vingt-six ans, à son côté. C'était un officier zélé, craint de tous car violent et aux sautes d'humeur fréquentes. Le visage émacié laissait apparaître une cicatrice profonde sur la pommette gauche. La légende voulait qu'il ait reçu un coup de couteau lors d'une arrestation de juifs polonais. Un adolescent avait sorti une serpette et avait foncé sur lui. La rapidité de ses réflexes lui avait sans doute permis de sauver son œil. L'assaillant avait été maîtrisé et maintenu au sol par deux SS, et Werner Allofs l'avait exécuté d'une balle dans la tête. Sa cicatrice s'apparentait à une scarification car la peau ne s'était pas suffisamment reconstruite et marquait un sillon relativement profond. C'était peu dire qu'il avait la « gueule de l'emploi ».

Allofs avait les Stern dans le collimateur depuis le premier jour. Il était d'extraction modeste, fils d'un ouvrier des mines de la Ruhr. Il abhorrait les « possédants » et tous ceux qui cumulaient éducation et réussite sociale. Il avait identifié la plupart des familles privilégiées, trahies par leurs manières d'être et leurs attitudes. Sa jalousie maladive de l'élite lui faisait détester les Stern. Ils avaient été arrêtés dans l'appartement situé au-dessus de leur galerie d'antiquités du faubourg Saint-Honoré. Jurgen Ribbeck, lui-même amateur de beaux objets, avait eu quelquefois des apartés pour parler d'art avec M. Stern père. Cela avait le don d'exaspérer Allofs, conscient qu'il était d'être incapable de tenir une telle conversation lui-même. Il avait donc entrepris une méthodique humiliation du père et du fils, dès que l'opportunité lui en était donnée.

Allofs avança de deux pas en avant et s'immobilisa. Il fit un geste circulaire de la main droite, l'index tendu vers le ciel. C'était le signal. Trois gardes arrivèrent au centre de la cour tenant par le cou trois prisonniers, les mains entravées. Nathanaël eut du mal à reconnaître Deltour, un plâtrier de Bezons qui s'était lié d'amitié avec son père. Il se trouvait à Paris au moment de la rafle du Vélodrome d'Hiver et fut arrêté à la suite d'un mauvais concours de circonstances. C'était quelqu'un d'assez jovial et d'excellente compagnie. Son visage était marqué par les coups, son arcade droite avait explosé. Le deuxième, c'était Estelmann, un grand maigre, chauve, qui paraissait plus vieux que son âge. Nathanaël n'arrivait pas à distinguer les traits du troisième, mais, au fond de lui, il savait.

Sa respiration se coupa tandis que plusieurs gardes venaient se positionner aux angles des carrés que formaient les groupes de prisonniers pour les dissuader de tenter quoi que ce soit. Les trois hommes furent mis à genoux, chacun faisant face à Allofs. Celui-ci sortit son pistolet Luger de l'étui en cuir qu'il portait à la ceinture et le pointa sur le front du troisième homme, qui tourna la tête vers la gauche, comme s'il recherchait le regard de son fils. Le coup de feu déchira le silence alors que David Stern s'affalait face contre terre. Nathanaël ressentit un énorme impact au niveau du sternum, comme si on lui enfonçait la cage thoracique, il vomit. Jules essaya de le retenir par le bras, mais ses jambes ne le portaient plus et Nathanaël s'effondra sur le sol gelé. Il n'entendit pas les deux détonations suivantes, qui scellaient le sort de Deltour et d'Estelmann. Il s'était évanoui.

Boulevard Saint-Germain

Lundi 21 mars 1988

Il fait particulièrement beau en ce mois de mars. Ethan est attablé à la terrasse de l'Old Navy, un bar du boulevard Saint-Germain, son « quartier général », non pas en raison du charme du lieu mais parce qu'il y a ses habitudes. Il est situé en bas de l'immeuble élégant, en pierre de taille, où il occupe une chambre de bonne, au sixième étage. C'est un studio de dix-huit mètres carrés mais qui possède une salle de douche avec des toilettes, et présente donc l'avantage de ne pas avoir à partager ce type de commodités, souvent collectives et situées sur le palier. Comme il poursuit ses études de droit à la faculté de la rue d'Assas, il prend son petit déjeuner au soleil et se régale d'une demi-baguette beurrée, coupée en deux et recouverte de confiture de fraise. C'est un plaisir régressif qui lui rappelle les repas familiaux, même si Bonne Maman a remplacé la sienne dans la fabrication des marmelades. Il attend son ami Guillermo, à qui il a donné rendez-vous. Celui-ci vit dans le 15e arrondissement de Paris, au métro Charles-Michel, où il prend la ligne 10 tous les matins pour se rendre à Sciences Po et, plutôt que de descendre à Sèvres-Babylone, il a décidé d'aller une station plus loin pour retrouver son ami.

C'est peu dire qu'ils sont mal assortis. Ethan Stern est le fils d'un antiquaire de renom, il fait partie d'une certaine élite parisienne, financièrement très à l'aise. Les mères disent de lui qu'il est « joli garçon », les traits fins, le visage constellé de taches de rousseur, les cheveux frisés et un regard intelligent. Il aurait rêvé avoir la même taille que son frère aîné, mais sa croissance s'est arrêtée à un mètre soixante-seize.

Il a rencontré Guillermo à son entrée en sixième, au lycée Henri-IV. Au milieu de tous les élèves issus de la méritocratie bourgeoise, il avait très vite repéré cet énergumène qui sortait du lot et parlait français avec un accent prononcé. Après quelques semaines, il avait découvert qu'il venait du Chili et avait fui la dictature après le coup d'État du 11 septembre 1973. Même si quelques élèves mal inspirés le qualifiaient d'« Indien », Guillermo Castillo n'avait pas le physique très typé des populations andines que l'on retrouve aussi au Pérou et en Bolivie. S'il avait les cheveux très noirs, les sourcils épais et les yeux d'un marron très foncé, son visage faisait davantage penser à celui d'un citoyen d'Europe du Sud, avec le teint hâlé. Il était assez costaud et imposait le respect dans la cour de récréation.

À cette époque, le Chili apparaissait comme une région très exotique aux yeux des élèves, mais sans le charme des pays plus proches, tels que le Brésil ou l'Argentine. C'était plutôt le bout du monde, coincé entre la cordillère des Andes et l'océan Pacifique, avec une nature brute, inhospitalière. Le professeur de français avait fait l'effort de parler de Pierre Loti, et de son séjour à Valparaíso, pour montrer aux enfants qu'il existait un lien entre la France et le Chili. Une semaine après la rentrée scolaire, il avait été demandé à chaque élève d'effectuer un exposé sur le pays de son choix. Guillermo s'était porté volontaire le premier et avait donc pu placer « son » Chili sur la mappemonde et dans l'esprit de ses coreligionnaires, avant que d'autres lui emboîtent le pas pour parler de l'Egypte ou de l'Italie.

Ethan avait tout de suite été intrigué par ce garçon qui venait de loin et semblait avoir eu un destin familial tragique, ce qui leur faisait au moins un point en commun. C'est à la suite de cet exposé qu'il était allé parler à cet enfant original et ils ne s'étaient plus quittés depuis. Ils avaient poursuivi leur scolarité ensemble à Henri-IV, se quittant et se retrouvant classe après classe, pour finalement opter l'un pour le bac littéraire, et l'autre pour le bac économique. Par la suite, les études supérieures les avaient séparés, même si elles leur avaient permis de rester dans le même quartier : l'un avait filé à Assas, l'autre à Sciences Po.

Guillermo apparut, et administra une claque à son ami sur le bras dont la main portait un cappuccino à sa bouche. Un peu de café se renversa sur l'exemplaire du journal *Le Monde* plié sur la table.

« Salut, l'avocat véreux, ça baigne ? Ça fait plaisir de te voir. Je constate que tu as de bonnes lectures. J'ai un peu peur pour ton champion, j'ai entendu Pasqua à *L'Heure de vérité*, il droitise la campagne, ce n'est pas bon.

— C'est clair, Chirac a passé deux ans à avaler des couleuvres à Matignon, la cohabitation l'a carbonisé. Les Français de la "génération Mitterrand" – la bonne blague – sont quand même très cons, ils se font endormir par celui qui se présente comme le "grand-père de la nation". Je continue à y croire, mais, sincèrement, je pense que Chirac ne sera jamais président, il est maudit.

— Ne perds pas espoir, les politiques ne meurent jamais, ton Chirac finira peut-être à l'Élysée dans sept ans ! Tu ne veux pas te faire un flip rapide ?

— Attends que je termine ma tartine, je règle et je t'humilie sur Amazon Hunt. »

Le véritable avantage comparatif de l'Old Navy sur les autres bars du quartier de l'Odéon est qu'il abritait, au fond du couloir près des toilettes, un exemplaire du légendaire Amazon Hunt, un flipper qui privilégiait les joueurs « techniques ». Il y avait peu de fioritures, tels des rampes illuminées, des étages inférieurs ou des catapultes vomissant des multibilles. Tout était affaire de précision car la victoire ne pouvait passer que par un abattage méthodique des cibles, dans un certain ordre, afin d'allumer l'*extra ball* et additionner les points jusqu'à le faire « claquer » et obtenir une partie gratuite. Les deux amis pouvaient passer une heure à le monopoliser, en se lançant défi sur défi. Ils n'étaient pas incommodés par la forte odeur de tabac froid due à l'absence de ventilation. Poser ses doigts sur les boutons latéraux, c'était déjà leur donner un parfum de Marlboro.

« Alors, Allende, je te sens un peu crispé, non ? Tu n'es pas dans ton assiette ? tenta-t-il pour déconcentrer celui qui méthodiquement faisait monter son score jusqu'à établir un record.

— J'ai pris un peu plus de temps que d'habitude, mais la victoire est à ce prix, conclut-il avec malice. Je dois filer car je vais être à la bourre et j'ai un amphi dans dix minutes. Je laisse le perdant payer, bien évidemment, et je t'appelle pour samedi.

— C'est ça, casse-toi, blaireau. »

Ethan avait beaucoup de qualités mais certainement pas celle d'être bon joueur. Ce qui était anecdotique au flipper prenait une plus grande ampleur sur les courts de tennis. Classé 30, et membre éminent de l'équipe B du Racing Club de France, Ethan était connu pour ses esclandres lors des tournois par équipes. Il pouvait lui arriver de disjoncter, de s'en prendre à l'arbitre, d'insulter les rares spectateurs pour d'obscures raisons dès qu'il perdait la partie.

Guillermo marcha rapidement en longeant l'église de Saint-Germain-des-Prés, puis Les Deux Magots et La Hune, pour traverser le boulevard au niveau de la rue des Saints-Pères. En sept minutes, il était dans l'amphi Boutmy pour écouter la conférence d'Alfred Grosser, la sommité des relations franco-allemandes, qui faisait toujours salle comble.

Il avait repéré son amie Diane de Lestraing au dernier rang, et, par chance, elle n'avait pas de voisin immédiat. Guillermo avait jeté son dévolu sur cette fille depuis longtemps mais sans parvenir à ses fins. Il existait une attraction mutuelle mais sans que les choses se concrétisent. C'est un euphémisme de dire que Guillermo ne correspondait pas vraiment aux canons de beauté des Lestraing, qui préféraient voir leur fille passer du temps avec des amis rencontrés dans des rallyes plutôt qu'avec ce garçon venu de si loin. Néanmoins, le Chilien avait su marquer des points auprès de Charles-Antoine, le père, conseiller d'État un peu austère, du type énarque à sang froid. Il veillait sur sa fille unique comme un grand frère corse. Particulièrement jolie, elle était très courtisée tout en étant un peu la caricature de la petite-bourgeoise du 7e arrondissement, avec ses cheveux blonds au carré, à la coupe soignée, ses yeux d'azur et son nez retroussé. Assez élancée et très mince, elle avait tout de ces filles racées et sûres de l'effet qu'elles produisent sur les hommes.

À la faveur d'une journée de révision pour des galops d'essai organisée par Diane dans l'appartement familial de la rue du Cherche-Midi, Charles-Antoine, qui rencontrait enfin l'ami de sa fille, avait proposé une bière à l'étudiant, parfait alibi pour créer un contexte favorable à quelques confidences.

« Guillermo, je ne sais pas grand-chose de vous, mais Diane m'a dit que votre famille a fui le Chili au moment du coup d'État. Vous étiez à Santiago le 11 septembre 1973 ?

— Vous savez, monsieur, je n'avais alors que six ans, mais j'en garde des souvenirs assez précis. Ce sont davantage des impressions, un peu floues, des sensations que j'ai enregistrées. Nous vivions dans le quartier de la *plaza* Brasil, dans le centre de Santiago qui jouxte le quartier des ministères et du palais présidentiel. Le jour du coup d'État, ma mère s'était réveillée tôt et avait collé son oreille au transistor pour suivre en direct l'évolution de la situation. Dès les premières heures de la matinée, le président Allende s'était exprimé à la radio. Un peu avant neuf heures, il en était déjà à sa troisième allocution, au cours de cette dernière il annonçait que la situation était critique. J'essayai de regarder par la fenêtre ce qui se passait. Les rues s'étaient vidées peu à peu car les gens craignaient pour leur sécurité. L'atmosphère était pesante. Tout à coup le silence s'est brisé, j'ai entendu un bruit assourdissant, un rugissement d'une puissance à laquelle je n'avais jamais été confronté. Et là, au-dessus des immeubles d'en face, déchirant le ciel, j'ai vu les chasseurs Hawker Hunter voler en rase-mottes dans un vacarme infernal. Ils ont commencé à cracher leurs roquettes sur le palais présidentiel de la Moneda. Tout cela me semblait irréel. Ensuite, ma mère a voulu…

— Papa, je t'en supplie, ne lance pas Guillermo sur ce sujet, ça lui rappelle des souvenirs douloureux, il a perdu son père à cette époque. Et, en plus, il faut vraiment qu'on avance. Vos apartés ont le défaut de nous déconcentrer, interrompit Diane avec un mélange de tendresse, pour amadouer son père, et de fermeté, pour lui faire comprendre que le temps des digressions était révolu.

— *Fair enough, dear*, rétorqua Charles-Antoine, avec un pur accent *british* aussi pédant que ridicule.

— Je suis désolé, Guillermo, mais je tiens absolument à ce que nous poursuivions cette conversation. Je serais ravi de vous inviter à déjeuner. Vous me raconterez ce qui s'est passé. J'insiste ! »

Diane était jalouse de l'intérêt, à la fois soudain et surprenant, que son père portait à son camarade. Mais comme c'était quelqu'un d'un abord difficile, elle en déduisit que Guillermo devait avoir quelques qualités pour réussir à le séduire, jusqu'à l'évocation d'un déjeuner. Il faut dire que Charles-Antoine était très intéressé par l'Amérique du Sud, et le Chili était l'un de ses sujets de prédilection. Il était cousin à la mode de Bretagne avec Son Excellence Pierre de Menthon, l'ambassadeur de France au Chili de 1972 à 1974. Il l'avait rencontré à l'époque où il se posait des questions sur ses choix de carrière et réfléchissait alors à embrasser la diplomatie. La rencontre avait été passionnante car le diplomate lui avait raconté le rôle décisif de la France dans l'accueil des opposants au nouveau régime pendant les mois qui avaient suivi le coup d'État de 1973. Beaucoup craignaient à juste titre pour leur vie et demandaient l'asile politique. Une fois à la chancellerie de l'ambassadeur, ils vivaient en transit en attendant que leurs dossiers soient instruits et que les sauf-conduits leur soient octroyés. La résidence avait été transformée temporairement en camp de réfugiés. Le couple de diplomates n'avait conservé que sa chambre. Le reste de cette jolie maison, située le long du *río* Mapocho, dans l'élégante avenue Andrés-Bello, étant entièrement occupée par des familles qui s'entassaient dans les vastes pièces de réception décorées de boiseries. Ces gens avaient ainsi pu échapper aux arrestations et choisir l'exil. Les consignes du président Pompidou avaient été claires : « Faire tout votre possible sur le plan humanitaire. » Les Menthon étaient allés bien au-delà, en prenant des risques à l'égard du pouvoir en place. En accueillant plus de six cents réfugiés qui avaient pu vivre temporairement à l'ambassade, ils étaient entrés dans l'histoire.

Rue du Faubourg-Saint-Honoré

Samedi 26 mars 1988

Guillermo adorait venir chez les Stern car ils habitaient à côté du palais de l'Élysée et, pour le jeune homme, il n'existait pas d'adresse plus prestigieuse. Quand on fait ses études à l'Institut d'études politiques de Paris, on éprouve toujours quelque chose devant les lieux de pouvoir. L'entrée de l'immeuble était élégante avec un escalier de marbre recouvert d'un tapis rouge. L'ascenseur avait été installé dans les années 1980. En empruntant l'escalier, Guillermo croisa Nathanaël Stern qui descendait, vêtu d'un beau manteau en cachemire marine. Les cheveux gris, légèrement bouclés, et ses yeux bleus lui donnaient un air particulièrement doux. Il avait soixante et un ans, son visage portait les marques d'une vie riche et intense, et donnait plutôt l'impression d'être un grand-père attentionné.

« Bonsoir, monsieur, comment allez-vous ? J'espère que vous ne partez pas parce que l'on vous envahit…

— Bonsoir, Guillermo, non pas du tout, figurez-vous que je vais au théâtre, le type d'activité que vous devriez recommander à mon fils. J'ai toujours eu beaucoup de mal à l'aider à parfaire sa culture. Il manque cruellement de curiosité intellectuelle. Comment va votre mère ?

— Ça va. Elle enseigne toujours, mais je sens qu'elle se lasse un peu. Je ne sais pas encore quand l'Éducation nationale va la libérer.

— Il faudra que je l'appelle à l'occasion. J'y vais car mon taxi doit être en bas. Amusez-vous bien et essayez quand même de faire moins de bruit que la dernière fois. La tolérance de nos voisins commence à atteindre ses limites. Bonsoir.

— Bonne soirée, monsieur. »

Il tapota sur la tête du fils de la gardienne qui avait entrouvert la porte de la loge et regardait dans le hall avec des yeux comme des billes. Il portait un beau petit pyjama de couleur vive à l'effigie de Dragon Ball Z et des pantoufles assorties du meilleur goût.

« Tu n'es pas encore couché, toi ?

— Vous savez, monsieur, le samedi, j'ai le droit de faire la foire », répondit avec une assurance certaine le petit garçon de cinq ans.

Monsieur Stern père s'engouffra dans un taxi dans lequel était déjà assise une femme élégante d'une cinquantaine d'années, ce qui eut pour effet de faire sourire Guillermo. Il s'agissait d'une sortie culturelle certes, mais en bonne compagnie. Il sonna à la porte en utilisant le bouton au-dessus duquel se trouvait une mézouzah fixée en biais, comme le veut la tradition. C'est Benjamin qui lui ouvrit. Le frère aîné d'Ethan était bien plus imposant que son cadet, il passait beaucoup de temps à entretenir un physique plutôt avenant. Le sport était pour lui une activité vitale, notamment les sports de combat. Sous l'influence de ses amis proches, il s'était lancé dans l'apprentissage du krav-maga et en quelques années il avait développé de véritables aptitudes, et décroché sa ceinture marron. L'autodéfense était pour lui un parcours obligé car il faisait partie, sans que son père le sache, du Betar, une organisation sioniste dont la branche étudiante était assez active et se frottait de façon récurrente au GUD, syndicat étudiant nationaliste. Petit-fils de déporté tué dans les camps, il avait, très jeune, voulu mener une lutte contre tous ceux qu'il appelait les « ennemis des juifs ». Il éprouvait une haine tenace contre l'extrême droite, dont les représentants étudiants ne se caractérisaient pas par leur mesure et leur capacité au dialogue. En allant faire le coup de poing dans les environs du Panthéon, autour de la bibliothèque Sainte-Geneviève ou devant la faculté d'Assas, il avait gagné ses galons et le respect des autres membres de l'organisation jusqu'à en devenir un leader respecté.

Ethan connaissait bien évidemment l'engagement activiste de son grand frère. S'il se refusait de le suivre sur cette voie, il ne lui en tenait pas non plus rigueur et mettait cela sur le compte de l'exaltation propre à la jeunesse, bien qu'il fût le plus jeune et le plus mesuré. Benjamin était un expansif et il ouvrit grand les bras pour embrasser Guillermo, un garçon toujours réfractaire aux effusions.

« *Hola, muchacho. ¿Qué tal ? ¿Has hecho un buen viaje desde la Cordillera*[2] ?

— Pas mal, et comment va le représentant de Tsahal sur le théâtre des opérations du jardin du Luxembourg ? La saison de la chasse aux skins est prometteuse ? »

Les frères Stern avaient la mauvaise habitude de mettre en boîte leur ami en soulignant ses origines étrangères, en s'adressant à lui avec un espagnol approximatif et en le surnommant « Allende », du nom de l'ex-président chilien. Néanmoins, Guillermo bénéficiait d'une excellente repartie et arrivait souvent à désarçonner ses interlocuteurs. Benjamin l'invita à entrer dans l'appartement. Tout y était sublime : l'entrée était une pièce circulaire

2. « Salut mon gars. Comment vas-tu ? Tu as fait bon voyage depuis la Cordillère ? »

occupée en son centre par un guéridon rond de style Empire, en marbre, soutenu par des pieds en forme de créatures ailées dorées à l'or fin. Un lustre en cristal de la même période surplombait le petit meuble. Au sol, Nathanaël avait poussé la perfection jusqu'à faire fabriquer des carrelages géométriques noir et blanc en carreaux de ciment reprenant des modèles de la Malmaison. Sur le mur, un tableau représentant un lancier de Berg en train de charger, reconnaissable à son uniforme à la polonaise – au plastron couleur amarante assorti au pantalon et au chapska. La scène pouvait avoir eu lieu durant la campagne espagnole de 1808, lorsque ces cavaliers accompagnaient Joseph Bonaparte pour l'aider à s'emparer du trône laissé vacant par les Bourbon, en fuite. Guillermo s'était entiché des guerres napoléoniennes et il avait trouvé un interlocuteur aussi fanatique que lui en la personne de Nathanaël. Si l'un s'intéressait avant tout à la stratégie militaire et l'autre au mobilier d'époque, ils se rejoignaient sur l'esthétique des uniformes, un sublime patrimoine trop souvent négligé.

Le jeune Chilien restait toujours interdit devant ce tableau. Il l'avait pourtant vu mille fois. Il fut interrompu dans ses rêveries par des bruits de pas légers sur le dallage. Ce n'était pas Joséphine de Beauharnais mais Déborah, la petite sœur. Dans une ambivalence assumée, elle avait un faible pour Guillermo, qu'elle considérait à la fois comme un membre de la famille mais aussi comme le type de garçon avec lequel elle aimerait avoir une aventure. Du haut de ses dix-sept ans, elle ne laissait pas ses contemporains indifférents. Elle était assez menue avec des formes exquises, un regard profond mis en valeur par une peau mate, et des sourcils et cheveux d'un noir de jais.

« Alors, tu ne m'embrasses pas ? lança-t-elle au jeune homme absorbé dans ses pensées impériales et romanesques.

— Mais si bien sûr, Débo, dit-il en l'enlaçant de façon théâtrale, comme pour se faire pardonner de l'avoir négligée. J'ai vu ton frère, le fier combattant sioniste, en revanche, pas de trace du défenseur de la veuve et de l'orphelin. Tu sais où il est ?

— Ethan s'est rendu compte qu'il serait difficile d'accueillir dignement ses amis avec une demi-bouteille de J&B et un paquet de chips Vico pour quinze. Il a dû filer chez l'épicier arabe du coin en catastrophe. »

Guillermo avait appris à ne plus s'offusquer de l'expression qui visait à désigner le seul petit commerce de proximité ouvert jusqu'à fort tard, dimanche compris, toujours disponible pour un dépannage de dernière minute même s'il pratiquait des prix prohibitifs. Il sourit tant il connaissait les piètres qualités de son ami dès qu'il s'agissait d'organisation et de logistique.

Finalement, sa façon d'être était très « chilienne » dans la mesure où il invitait des amis sans vraiment savoir s'il avait de quoi les nourrir ou les abreuver, ou combien d'entre eux allaient venir, et surtout à quelle heure ils allaient repartir.

Depuis que Guillermo et sa mère, María Paz, s'étaient installés à Paris, ils avaient vu passer une grande partie de la communauté des réfugiés politiques. Sa mère tenait table ouverte. Il existait une véritable solidarité entre les exilés, d'autant plus que les uns et les autres connaissaient le destin tragique du père de Guillermo. Très jeune, exalté, José Luis avait embrassé les idées de gauche et rejoint le MIR (Movimiento de Izquierda Revolucionaria[3]) dès 1965, avec la volonté d'installer un régime marxiste dans le pays. La courte victoire de Salvador Allende aux élections de 1970, qui allait profondément changer le pays, n'avait pas refroidi ses ardeurs. L'avènement d'un régime mettant en place des réformes sociales ne parvenait pas à le convaincre tant il souhaitait pousser le curseur plus loin. Il fut rapidement évident que le mandat d'Allende s'apparenterait à un lent chemin de croix. La pression américaine et les grandes familles chiliennes qui contrôlaient l'économie mettaient tout en œuvre pour empêcher les réformes et favoriser l'installation d'une situation très chaotique

3. Mouvement de la gauche révolutionnaire.

dans le pays. Il était clair que la droite, battue dans les urnes, aurait sa revanche. Le MIR souhaita donc se positionner comme une force d'appoint pour défendre Allende et son gouvernement contre les fauteurs de troubles de l'extrême droite, soutenus par Washington.

José Luis était toujours accompagné de deux militants actifs, Javier et Fabián. Ils s'étaient connus sur les bancs de l'Universidad de Chile[4], où ils poursuivaient des études pour devenir ingénieurs et avaient milité ensemble très tôt au sein du FER (Frente de Estudiantes Revolucionarios[5]). Ils n'avaient pas le profil type des militants d'extrême gauche. Javier était fils de médecin et issu d'un milieu bourgeois, il avait suivi des cours au Conservatoire national de Santiago et était un pianiste de bon niveau. Il était chauve depuis la fin de l'adolescence et son visage rond respirait la bonne humeur. Fabián, au contraire, avait des cheveux très épais, était de plus petite taille, et parlait avec un débit de mitraillette. Ses parents avaient été tous deux enseignants, et son père avait un temps été chargé de mission au ministère de l'Éducation avec pour mission de lutter contre l'illettrisme. Les deux inséparables avaient fait la connaissance de José Luis en 1972 et passaient leur vie ensemble. Bien qu'ayant tous les trois trente-cinq ans, ils souhaitaient continuer à vivre leurs années d'étudiants.

4. Université du Chili.
5. Front des étudiants révolutionnaires.

Le statut de célibataire de Javier simplifiait les choses pour identifier les fêtes les plus sympas, c'est-à-dire celles où la bière Cristal coule à flots et le joint de marijuana passe de main en main. José Luis avait bien une femme et un enfant à charge, mais il conservait de vieux réflexes machos, au moins le vendredi soir dans le quartier de Bellavista[6], qui était un point de rencontre pour passer une bonne soirée. Les réunions amicales n'étaient souvent que des prétextes pour planifier des actions militantes qui pouvaient être assez violentes. En effet, le MIR entendait défendre l'idéal révolutionnaire et les heurts étaient très fréquents entre ses militants et les groupuscules chiliens d'extrême droite qui entretenaient un climat délétère pour favoriser un potentiel coup d'État. Patria y Libertad[7] était le plus virulent d'entre eux, ses membres étaient souvent les premiers à faire le coup de poing. En juin 1973, déjà, les amis s'étaient tous retrouvés en armes pour aider le pouvoir à se défendre lors du *Tanquetazo*, une tentative de prise de pouvoir avortée au cours de laquelle des chars d'assaut s'étaient positionnés devant le palais présidentiel. Cette expérience leur avait permis de mesurer la mobilisation de la gauche chilienne, mais également la criante fragilité du régime. Il était avéré que la CIA s'agitait dans l'ombre pour mettre en œuvre sa stratégie

6. Le quartier bohème de Santiago.
7. « Patrie et liberté ».

de *containment*. Le gendarme de l'Amérique latine ne pouvait se résigner à voir tomber le Chili dans l'escarcelle des « rouges », qui en feraient un nouveau Cuba.

Les trois amis ne s'étaient pas trompés sur les signes avant-coureurs d'un putsch. Ils avaient augmenté la fréquence de leurs réunions, plus préoccupés que d'habitude, ils sentaient que les événements allaient s'accélérer. La consigne était simple : si l'armée prenait le pouvoir, ils devaient tous entrer en résistance. Chacun possédait une arme de poing et ils connaissaient le lieu dans lequel ils devaient se retrouver au cas où cela tournerait mal : un entrepôt situé à Pudahuel[8]. Hernan Irrarazabal, le cousin de Fabián, en était le directeur et l'endroit était sûr. La seconde étape serait ensuite Talca, à deux heures au sud de Santiago.

8. Pudahuel est une ville de la province de Santiago du Chili. L'aéroport international Arturo-Merino-Benítez se situe sur le territoire de cette ville.

Santiago

Mardi 11 septembre 1973

Le matin du 11 septembre, José Luis, qui ne devait dispenser ses cours que dans l'après-midi, en avait profité pour aller faire réparer sa moto, qui avait un problème d'allumage depuis plusieurs semaines. Parti vers huit heures trente pour l'atelier Miranda, à Renca, l'une des communes au nord de Santiago, située sur la route de l'aéroport, il s'était retrouvé pris par l'enchaînement des événements. C'est dans le garage, en écoutant la radio à dix heures et quart, qu'il avait entendu l'ultime message d'Allende : « Vive le Chili, vive le peuple, vive les travailleurs ! Ce sont là mes dernières paroles et j'ai la certitude que mon sacrifice ne sera pas vain. J'ai la certitude qu'au moins on en tirera une leçon morale qui servira à châtier la félonie, la lâcheté et la trahison. »

José Luis comprit que le monde tel qu'il le connaissait était en train de s'effondrer. Devant tuer le temps en attendant de récupérer son engin, il décida de se dégourdir les jambes. En sortant, il entendit le bruit assourdissant des chasseurs des forces aériennes fendre le ciel. Il pensa se rendre sur la colline. L'un des chemins pour y accéder avait pour origine le prolongement de la rue de l'atelier, ce qui devait lui permettre de bénéficier d'une vue panoramique pour appréhender la situation. À mesure qu'il progressait sur le sentier qui serpentait au milieu de prairies encore vertes en cette fin d'hiver austral, il s'arrêta net, soudain pétrifié. Le ciel était déchiré par les tirs de roquettes qui généraient un son strident. Il sut assez vite que les choses connaîtraient une fin rapide lorsqu'il vit une épaisse fumée monter du quartier des ministères et de la Moneda. Il redescendit de son poste d'observation, où il avait été rejoint peu à peu par une dizaine de personnes. Dans ce quartier très populaire, le coup d'État sonnait le glas de toutes les espérances sociales. Chacun restait bouche bée. Seule une vieille femme un peu édentée et vêtue de haillons sanglotait en se lamentant sur le sort de son « pauvre pays ». José Luis, garçon intelligent, fit une analyse rapide de la situation. Si le *golpe*[9] réussissait, il y aurait une chasse aux sorcières et tout ce qui ressemblait peu ou prou à un gauchiste était en danger. Comme il était connu pour ses orientations politiques et ses liens avec le MIR depuis la tentative avortée du

9. En espagnol, *golpe de Estado* (abrégé ici en *golpe*) signifie « coup d'État ».

mois de juin, le filet se refermerait assez vite sur lui. Il comprit aussitôt que retourner dans son appartement exposerait inutilement sa famille. Il ne fallait donc pas qu'il rentre chez lui avant la nuit pour éviter les mauvaises rencontres. Et bien évidemment, il lui fallait sa moto pour une plus grande mobilité. Lorsqu'il regagna l'atelier, il s'étonna de voir le garagiste s'affairer avec du papier de verre pour frotter la partie métallique de la bougie, son diagnostic lui avait permis d'identifier le caractère défectueux de cette pièce basique comme la cause de ses soucis mécaniques. José Luis transpirait, et son tee-shirt floqué « Fruit of the Loom » était humide au niveau des aisselles. Les événements avaient un tel impact sur lui qu'il en avait le visage marqué, les yeux injectés de sang, les cheveux en bataille, il avait l'air d'un dément. Miranda, le garagiste, vaquait comme à l'accoutumée, et cette attitude distante, voire désinvolte, à l'égard des moments graves que vivait le pays, rendit le propriétaire de la moto assez agressif :

« Qu'est-ce que tu fais, bordel ? L'armée tente un putsch, la FACH[10] balance des missiles sur la Moneda et toi, tu bosses à ton rythme comme si de rien n'était.

— Qu'est-ce que tu veux que ça me foute ? Que les marxistes soient aux commandes ou que l'armée contrôle le pays, pour moi c'est pareil, personne ne va

10. Fuerza Aérea de Chile, la force aérienne du Chili.

m'aider. Je me débrouille tout seul. Je répare des motos et des bagnoles pour gagner ma croûte. »

Cette réponse cinglante frappa José Luis, mais le bon sens des classes laborieuses avait quelquefois le dessus sur les grandes théories politiques.

« Pardon, j'ai été un peu agressif, ça venait seulement des bougies, ce problème d'allumage ?

— Oui, je pense que tu devrais prendre soin de ta moto plutôt que de laisser les choses s'encrasser ; mais si tu me laisses dix minutes, je te remets ces bougies à neuf et tu pourras repartir. »

Le révolutionnaire avait un peu de mal à penser avec discernement et se demandait ce qu'il devait faire : ignorer ce qui se passait et se rendre à l'université pour donner ses cours ou, au contraire, passer à la clandestinité pour éviter de se faire arrêter. Il lui était difficile d'évaluer à quel rythme les choses pouvaient se dégrader si Allende était chassé du pouvoir. Il était conscient du fort conservatisme et de l'influence financière des grandes familles qui soutenaient la prise de pouvoir par les militaires. Avec une armée zélée, les quadrillages, contrôles, arrestations et couvre-feux pouvaient rapidement se mettre en place. José Luis, activiste d'extrême gauche notoire, était une cible potentielle. Il pensa à María Paz et à Guillermo. Ce qu'il craignait était en train de se réaliser, son existence même les exposait. Il demanda au garagiste s'il pouvait utiliser son téléphone. Le combiné vissé sur la paroi de bois était graisseux, mais il ne s'en offusqua pas. Il appela sa femme pour lui recommander d'être prudente, de rester chez elle, et lui dire qu'il la tiendrait au courant. Il composa ensuite le numéro de Fabián. À l'autre bout du fil, ce dernier répondit de façon lapidaire. « C'est dans le centre que ça barde, on se voit chez mon cousin, où tu sais, pour voir ce qu'on fait. Fonce. »

José Luis sortit de son sac à dos une liasse de billets pour régler la réparation, remercia chaleureusement Miranda et sauta sur sa moto, qu'il démarra au quart de tour. Fabián ne s'était pas trompé, l'action se situait principalement dans le centre de Santiago alors que les communes limitrophes semblaient suivre un rythme normal. En traversant les rues des quartiers populaires de Renca et de Pudahuel, la vie quotidienne ne semblait pas être affectée par les tourments du coup d'État. Les vendeurs de rue hélaient le chaland pour proposer des *sopapillas*[11]. Les camions de légumes venant de la campagne voisine livraient les étals, tout cela dans une épaisse poussière, à cause des rues en terre. En arrivant à Pudahuel, dans une zone où coexistaient entrepôts, ateliers mécaniques, sociétés de transport avec des camions garés en rang d'oignons, il trouva sans

11. Beignets de pâte frits.

aucun mal l'entrepôt de pièces détachées du groupe Irrarazabal, une famille d'origine basque dont l'une des activités consistait à importer des machines agricoles de la marque John Deere. Fabián ne s'en vantait pas, mais il était apparenté à cette famille relativement fortunée qui cadrait mal avec sa légende prolétaire. De surcroît, son cousin germain, Hernan, qui travaillait dans l'entreprise familiale cultivait un gauchisme romantique en décalage avec l'engagement total de Fabián. Néanmoins, il était parfaitement loyal et l'entrepôt était une planque idéale.

En reconnaissant José Luis, Hernan l'invita à garer sa moto derrière l'imposant bâtiment en tôle ondulée. À l'intérieur, deux étages de pièces détachées s'entassaient sur des palettes. Au fond du bâtiment, un escalier menait à des bureaux, dont les baies vitrées permettaient de mesurer l'ardeur à la tâche des employés en contrebas. Hernan y partageait un bureau avec son assistante. Au fond, deux autres pièces et une salle d'archives étaient vides. Lorsque les activités étaient florissantes, tout l'espace était occupé, mais depuis l'accession au pouvoir d'Allende le matériel agricole russe ou est-allemand avait bien meilleure presse que les machines *gringas*[12]. C'est là qu'il était possible de loger temporairement les ennemis du futur régime. Le

12. Surnom péjoratif des habitants des États-Unis en Amérique latine.

lieu était désert lorsque Hernan montra à José Luis où il pourrait dormir, car c'était l'heure de la pause-déjeuner. L'absence de Fabián était de nature à inquiéter car il était plutôt ponctuel. Les deux hommes s'installèrent au bas de l'escalier, assis sur la deuxième marche, pour déguster un sandwich *ave palta*, à base d'un mélange de volaille et d'avocat dont les Chiliens sont très friands, que Hernan, toujours précautionneux, avait eu la bonne idée de préparer. Une radio avait été posée sur une marche au-dessus d'eux et ils essayaient de suivre la chronologie des événements. Ils s'interrompirent en entendant le crissement de pneus sur la terre et en découvrant, à travers la porte coulissante entrouverte qui donnait sur le parking, la Ford de Fabián effectuant un virage sec avant de s'immobiliser. Il sortit en claquant la porte d'un bruit sourd.

« Salut les gars, content de vous voir. Vous ne pouvez pas vous imaginer le bordel. Le centre est quasiment bouclé. J'ai vu quelques véhicules blindés de type *half-track* déverser leurs soldats dans le coin de *plaza* Baquedano. L'annonce de la mort du président de la République a eu pour effet de décourager tout le monde. Il n'y a plus aucun rempart institutionnel, l'armée est dans sa grande majorité fidèle au général Pinochet. C'est cette ordure qui va régner sur le Chili. Il faut voir comment s'organiser avec les camarades, il y a Cuba… J'imagine que l'ONU va réagir, que des démocraties vont bouger… à moins que ces enculés d'Américains… »

Hernan le coupa net :

« Les Américains ont eu ce qu'ils voulaient. Dès le début du mandat d'Allende, on savait que la CIA ferait tout pour l'abattre et le remplacer par une marionnette anticommuniste, c'est chose faite.

— Ce qui est sûr, c'est qu'on n'est plus en sécurité, ils vont récupérer les informations sur les membres du MIR, si on est balancés, ce sera la fin. José Luis, je pense que tu dois voir ta femme et ton gosse ce soir. Il reste peu de temps avant que les recherches d'opposants débutent. Ne gare pas ta moto devant chez toi, choisis une rue voisine et termine à pied. »

José Luis savait pertinemment que ces conseils étaient judicieux. Ils émanaient de celui qui avait toujours pris les choses avec gravité. C'est notamment Fabián qui avait conçu leur plan de fuite. Ils passèrent l'après-midi à discuter tout en écoutant la radio. À vingt heures, José Luis remonta sur sa moto en direction du centre.

María Paz avait quelques tâches domestiques en retard et, après avoir couché Guillermo, s'était mise à repasser en écoutant des chansons de Violeta Parra. Elle aimait par-dessus tout cette chanteuse populaire qui avait su remettre au goût du jour la musique traditionnelle chilienne. D'origine très modeste, Violeta s'était révélée dans différents métiers artistiques et avait même exposé ses tapisseries au Louvre, une consécration. Son suicide, en 1967, à l'âge de quarante-neuf ans, avait choqué les Chiliens. Elle ne s'était pas remise du départ de son compagnon, un anthropologue suisse. Cela rendait sa chanson *Gracias a la vida* encore plus dramatique. Cela faisait longtemps que María Paz ne se préoccupait plus des allées et venues de son homme. Elle savait également qu'il avait eu de nombreuses liaisons avant de la rencontrer, et sans doute un certain nombre depuis, également. Pourtant, elle restait très amoureuse de ce garçon fougueux, rencontré quand elle était adolescente à la plage de Cachagua, une jolie station balnéaire au nord de Valparaíso. Ils s'étaient souvent croisés, jusqu'au jour où ils s'étaient retrouvés à l'Universidad de Chile. Le fait qu'elle tombe rapidement enceinte avait singulièrement changé leur plan de vie, et ils avaient décidé de faire le grand saut en s'installant ensemble. La famille de María Paz, catholique et assez conservatrice, n'avait pas cautionné ce qu'elle considérait comme un accident, mais la question de garder l'enfant ne s'était pas posée. Il s'était ensuivi une brouille radicale et María Paz n'avait plus vu beaucoup ses parents. Malheureusement pour elle, José Luis était un père relativement absent mais avait tenu à faire tout ce qu'il pouvait pour veiller à l'éducation de son fils. La fierté d'avoir donné naissance à un garçon l'avait emporté sur sa nature égoïste et il n'avait finalement pas rechigné à le promener dans sa poussette sur les bords du fleuve Mapocho, le dimanche, et à lui acheter des *cuchuflís*, ces friandises dont raffolent les bambins faites de gaufrette roulée remplie de confiture de lait. Ils jouaient au foot dans le parc situé à quelques minutes de leur domicile. Les cinq premières années de la vie de Guillermo avaient donc été rythmées par des moments joyeux, d'autant que José Luis, professeur de mathématiques dans un établissement privé de Las Condes, avait le temps d'aller chercher son fils à la sortie de l'école les mardis et les jeudis. Il s'était peu à peu révélé être un père attentionné. Ils aimaient particulièrement passer du temps à la plage pendant l'été austral, en février, et allaient souvent faire du camping dans la région de Quintay, au sud de Valparaíso. L'océan était glacial, mais jouer dans les vagues et sur le sable suffisait au bonheur du père et du fils. María Paz aimait, par-dessus tout, ces moments privilégiés de complicité entre les deux. Elle était persuadée que la paternité avait fait beaucoup de bien à José Luis.

Ce dernier entra dans la chambre de Guillermo. C'était un espace sommaire avec un lit et un petit bureau en bois, avec sa chaise assortie. Un foulard était posé sur l'abat-jour de la lampe, de façon à en réduire l'intensité lumineuse. Au mur, un poster de l'équipe de football de la « U[13] », au sol, quelques jouets en bois, un garage en plastique avec une dizaine de petites voitures, une vraie chambre de garçon en somme. Il s'approcha de la tête de l'enfant, qui semblait bien endormi et murmura :

« Guillermo, Papa va partir quelques jours, mais Papa t'aime et va penser à toi très fort. » Peut-être à cause du courant d'air froid qui pénétrait dans la pièce, l'enfant se réveilla tout à coup. « Papa, je t'aime. Tu reviens vite alors pour qu'on fasse la fête pour le 18. »

La fête nationale du 18 septembre était en effet le point d'orgue de l'année pour les Chiliens. D'une part parce que les jours fériés étaient peu nombreux, mais surtout parce que cela consistait en quelques jours de beuverie conviviale, de participation à des événements traditionnels et culturels tels que le rodéo et la fameuse *cueca*, la danse des campagnes. Guillermo adorait ces festivités car ses deux parents aimaient jouer le jeu et partageaient ces moments avec lui. Pour l'occasion, la famille s'habillait avec des tenues de *huaso*, avec des chapeaux à large bord plat et des ponchos rayés. Guillermo avait une étagère dédiée à sa tenue d'apparat. José Luis serra son fils dans ses bras et l'embrassa généreusement sur les joues et le front. Il se releva, traversa la chambre et repoussa la porte sans toutefois la fermer

13. L'équipe de football de l'Universidad de Chile.

complètement. Sa femme était face à lui, derrière la table à repasser.

« Alors ça y est ? C'est le moment ?

— Oui. Si l'on doit faire quelque chose pour défendre le pays, c'est maintenant.

— Et comment saurais-je où tu es ?

— C'est moi qui te contacterai. Je ne ferai rien qui mette en danger ta vie ou celle de Guillermo. »

Il la prit contre lui sans se rendre compte qu'elle était au bord des larmes et ils restèrent quelques instants dans cette position. Il sentait les battements de son cœur accélérer. Puis il desserra l'étreinte et se pencha pour ramasser son sac qui était au sol. Il y avait glissé le Colt 45 qu'il conservait dans une boîte à chaussures avec une vingtaine de balles enroulées dans du chatterton. Se relevant prestement, il prit la direction de la porte d'entrée sans se retourner. En descendant l'escalier de pierre de cet immeuble vétuste, il pensait à María Paz et à cette vie un peu aventureuse qui avait été la leur pendant de longues années. Il revit quelques images fugaces de ces temps heureux, mais il était déjà dans la rue en direction de l'endroit où il avait laissé sa moto. Il bénit Miranda car l'engin démarra parfaitement. À un croisement, il vit un groupe de cinq jeunes qui marchaient les mains sur la tête, escortés par des soldats. En passant par Huechuraba, un jeune, genoux au sol, recevait une volée de coups de crosse assénés par deux hommes en uniforme kaki. Ces scènes paraissaient irréelles, elles s'apparentaient à une espèce de second plan animé, qu'il devinait alors même qu'il conservait les yeux rivés sur la route. Quinze minutes plus tard, il était de nouveau devant l'entrepôt Irrarazabal. Hernan lui ouvrit la porte coulissante pour qu'il gare sa moto à l'intérieur de l'entrepôt.

« Ce soir, on la laisse là, mais demain, on la dégage avant l'arrivée de mon assistante, on la planquera sous une bâche dans la remise, au milieu des tracteurs. »

Fabián était là. Il serra son ami dans ses bras.

« Putain, content que tu sois là. Je n'ai pas réussi à joindre Javier. Impossible de savoir où il est. Tu as pu voir María Paz ?

— J'ai pu les embrasser, Guillermo et elle, mais je pense que je ne les verrai pas avant quelques jours, le temps que les choses se calment un peu. Javier va se pointer dans la nuit, c'est sûr. On a des nouvelles des autres ?

— Alfonso a été arrêté, visiblement, et Carlos a été blessé par balle et serait à l'hosto, c'est tout ce que j'ai pu avoir comme nouvelles des gars que l'on connaît.

— Ça ne sent pas bon, si Javier ne nous rejoint pas cette nuit, je pars le récupérer demain. »

Hernan installa sommairement ses hôtes et les enferma dans l'entrepôt. Ils mirent plusieurs heures à s'endormir.

Villepreux

Dimanche 10 avril 1988

Nathanaël Stern était un taiseux. Chacun réagit différemment face à l'horreur ou à la mort. Autant certains éprouvent-ils le besoin de raconter et d'extérioriser, autant d'autres conservent leurs souvenirs scellés dans le coffre-fort de leur mémoire. Il était de ceux-là, son internement dans un camp d'extermination, le meurtre de son père sous ses yeux étaient des sujets qu'il n'abordait jamais avec personne y compris ses enfants. C'est comme s'il voulait les protéger. Il estimait que les seuls avec lesquels il lui était possible d'évoquer ces souvenirs étaient ceux qui, d'une façon ou d'une autre, avaient subi les mêmes drames. Ainsi, il revoyait de temps en temps Jules, le seul véritable ami qui ait partagé avec lui ces années de plomb. C'était l'occasion pour eux de faire un travail de mémoire, nécessaire, toujours autour d'une bonne bouteille, leur péché mignon.

Les deux survivants avaient repris leurs activités en 1945. Nathanaël n'avait que seize ans, mais l'un de ses oncles l'avait aidé à remettre sur pied la galerie d'antiquités de la famille. Même si certains biens avaient malheureusement pris la direction de l'Allemagne nazie, de nombreux lots avaient été mis à l'abri dans une propriété solognote dont l'un des corps de ferme avait été transformé en dépôt de meubles. Les murs épais avaient agi comme un isolant efficace contre l'humidité, et le mobilier XVIIe ne s'était pas altéré pendant ces années de mise en quarantaine. La galerie Stern avait donc pu rouvrir avec un fonds de collection. En 1950, elle était redevenue l'une des perles du faubourg Saint-Honoré. Nathanaël était âgé de vingt et un ans, sans diplôme, mais avait réussi à développer, sur le tas, une remarquable connaissance artistique. Son expertise était aujourd'hui reconnue. De son côté, Jules avait retrouvé le chemin de la grande carrosserie Lefort de Saint-Ouen, qui appartenait à ses parents. Le retour de leur fils avait constitué un moment d'allégresse familiale fort. En effet, sa sœur et ses parents s'étaient installés en zone libre alors que Jules avait préféré différer son départ car il se voyait un destin de résistant. C'est là qu'il avait été arrêté pour diffusion de prospectus antiallemands. Sans aucune nouvelle de lui, ses proches l'avaient considéré comme mort. À la fin de l'année 1944, la famille était revenue s'installer en banlieue parisienne. L'apparition inattendue de Jules, en février 1945, avait failli leur causer un arrêt cardiaque.

Les années passant, il s'était brouillé avec son père et avait refusé de reprendre les rênes de l'entreprise familiale, au grand dam de sa mère. Obsédé par l'idée de voler de ses propres ailes, il développa ses affaires et devint concessionnaire automobile, avec une certaine réussite. Il représentait dorénavant la marque sportive Audi, avec un réseau de trois concessions sises dans le département des Yvelines. Nathanaël et Jules avaient toujours conservé un lien très fort et parvenaient à se voir de façon régulière, même s'ils ne partageaient ni les mêmes amis ni le même mode de vie. Jules s'était installé à Villepreux, dans la banlieue parisienne, et tentait par tous les moyens de ne jamais franchir le périphérique. Il avait la grande chance de vivre dans une zone bénie des golfeurs, à proximité de Feucherolles et de Saint-Nom-la-Bretèche (deux des plus beaux parcours d'Île-de-France). Nathanaël partageait cette passion pour le golf avec Jules depuis toujours et n'avait plus à culpabiliser depuis le décès de sa femme. Elle avait toujours refusé d'accompagner son mari et pestait systématiquement lorsqu'il partait jouer le dimanche matin. La maison de Jules était donc un passage obligé et souvent un point de ravitaillement avant une partie.

Ce jour-là, Nathanaël avait voulu convaincre son fils de l'accompagner pour un déjeuner chez son ami avant d'aller jouer au golf. Ethan avait validé la première partie du programme, comptant bien échapper à la seconde. Après un café filtre de bonne facture qui venait clôturer les agapes, Ethan parvint à se défiler. Son père irait jouer seul car Jules ressentait une douleur au coude qui altérait son swing, et Ethan n'avait aucune envie de faire un parcours. Lorsqu'il fut question de savoir par quel moyen il allait regagner Paris, Jules proposa ses services, à la surprise générale : « Je viens de recevoir la nouvelle Audi 90, c'est une vraie bombe. Je pense que tu vas être impressionné. En plus, j'ai deux-trois courses à faire à Paris. »

Jules avait toujours ressenti une affection particulière pour Ethan, un garçon calme et sensible, qui ressemblait en tout point au fils qu'il aurait souhaité avoir. Il avait souvent des moments d'échange avec lui, alors qu'*a contrario* il considérait Benjamin comme un être un peu brut de décoffrage, et Déborah comme une petite princesse gâtée, et n'avait pas d'affinités particulières avec eux. C'était toujours Ethan qui accompagnait son père et Jules appréciait de discuter avec lui. De son côté, Ethan voyait en Jules l'un des « survivants », un témoin d'un épisode familial clé. Pourtant, il restait toujours très frustré car Jules avait du mal à s'exprimer sur le thème des camps. Le temps passant, et à force d'insister, Ethan avait obtenu des bribes d'information. À l'occasion de rencontres et d'échanges, il avait peu à peu réussi à apprivoiser Jules. Ce dernier était devenu plus bavard en commentant le quotidien de la vie des déportés, les conditions de détention, même s'il se refusait à détailler des anecdotes qui impliquaient Nathanaël. Il considérait que le rôle de son ami était de parler à son fils.

La portière de la puissante berline se ferma avec un bruit très sourd, celui-là même que les ingénieurs de la marque avaient mis tant de soin à travailler avec l'aide d'acousticiens. Jules avait toujours du mal à oublier qu'il était un « vendeur de caisses » et se permit donc un petit laïus sur les caractéristiques du haut de gamme *made in Germany*, ce qui ne manqua pas de faire sourire le copilote. Après quelques banalités échangées sur le dynamisme du marché de l'occasion en Île-de-France, Ethan avait voulu lancer la conversation sur un ordre du jour sans cesse différé. C'était la première fois qu'il se trouvait dans une configuration idoine pour revenir à la charge une énième fois et enfin obtenir des réponses. « Jules, j'aimerais que tu me parles des circonstances de ta rencontre avec papa. Tu sais à quel point j'ai envie de savoir comment se comportait mon père, quel type d'homme il était, et aussi mon grand-père. Je suis lassé de cette omerta familiale. » Jules regardait la route, mais il semblait avoir les yeux dans le vague. Il avait toujours redouté d'être confronté un jour à cette situation, d'être mis dans la position de devoir raconter. Même s'il ne partageait pas son choix, il avait toujours respecté la discrétion de son ami sur ces sujets. Le temps passant, il estimait que les enfants de Nathanaël avaient le droit de savoir. « Ça me gêne de te raconter tout ça en voiture. Quand nous serons arrivés à Paris, je te propose que l'on se prenne un café et je te raconterai deux ou trois choses. Autant je comprenais la position de ton père quand vous étiez plus jeunes, autant il n'y a plus aujourd'hui de raison que vous ne connaissiez pas cette partie de son histoire. »

L'Audi roulait à vive allure. Ethan avait du mal à masquer sa satisfaction. Il allait enfin en savoir plus… Jules lui avait cédé le volant à hauteur de Vaucresson, il avait donc eu le loisir de tester la tenue de route du bolide. Une fois à destination, il était tout à coup moins à l'aise pour réaliser un créneau acceptable dans l'exiguë rue Saint-Benoît. Par chance, il y avait plusieurs tables libres au Bonaparte, un café idéalement situé place Saint-Germain-des-Prés. Comme soudainement libéré d'un poids, Jules se mit à raconter quelques épisodes de sa vie de déporté, de façon clinique, sans y mettre d'émotion. Il évoquait le quotidien du camp, la vie de tous les jours, et l'on sentait qu'il avait une certaine retenue. Ethan connaissait évidemment tous les épisodes relatifs à la vie du camp, le rythme des journées, c'est un thème qu'il maîtrisait, ayant beaucoup lu sur le sujet, et il aurait souhaité que Jules lui parle de manière plus personnelle de son grand-père. Au deuxième cappuccino, il créa le déclic : « Tu peux me parler de Werner

Allofs ? » En une fraction de seconde, le regard de Jules s'assombrit, comme si ses yeux se couvraient d'un voile gris, son visage se figea, son bras se tendit et son poing droit se crispa. « Allofs était une ordure, une merde humaine. » Jules était rouge vif, comme si le fait de prononcer le nom honni lui provoquait un afflux sanguin au visage. On voyait ses tempes battre comme les ouïes d'un poisson. Il vida sa tasse d'une traite et reprit.

« Pardon de m'être emporté, mais ce type a été notre cauchemar, ou devrais-je dire celui de ton grand-père et de ton père. Dès notre arrivée dans le camp, il a eu ta famille en ligne de mire. Je pense qu'il avait perçu que David éprouvait une espèce de mépris pour les êtres grossiers et violents. Allofs était de ceux-là, mais avec le vice en plus. Il passait le plus clair de son temps à humilier les détenus et confinait David aux tâches les plus ingrates. Lorsqu'il vidait les latrines et finissait le nettoyage à quatre pattes, il n'était pas rare qu'Allofs arrive et le frappe à coups de pied au niveau du coude pour que la douleur l'oblige à plier le bras et qu'il se retrouve le visage dans l'urine ou les excréments. “Alors, juif, c'est différent de ta maison de luxe à Paris ? Là-bas tu te pavanais avec les personnes de ta race, ici tu n'es rien !”, s'exprimait-il avec un fort accent allemand. Au début, il appelait ton grand-père “Stern”, mais, le temps passant, il ne s'adressait plus à lui que par le substantif “juif”, sans rien d'autre. C'était une façon d'accentuer l'humiliation, un traitement qu'il ne réservait pas à d'autres prisonniers aux noms à consonance juive. Il se référait à eux comme "Cohen", "Levy". Seul David Stern était appelé "juif". Je pense qu'une autre personne que ton grand-père n'aurait pas supporté, mais il voulait lui montrer qu'il valait mieux que cela, qu'il était plus fort. Il répétait constamment sa maxime : "Face à la barbarie, je ne peux qu'opposer la dignité." Et il était digne devant ton père lorsqu'il le croisait, il tenait toujours à se présenter sous son meilleur jour, comme s'il vivait le plus normalement du monde. Il a passé un an à encaisser, un an à courber l'échine. Les seuls moments de répit, il les passait avec Ribbeck. C'était quelqu'un de très fin, un amateur d'art et un spécialiste du mobilier français du XVIIe siècle. Il avait plusieurs fois exfiltré David pendant un laps de temps suffisamment long pour partager un thé dans son bureau et discuter de cabinet d'apparat en marqueterie, de guéridon… Ces moments étaient des respirations privilégiées et il y faisait référence avec humour en évoquant les "instants lapsang". Je crois que c'est la raison pour laquelle ton père ne prend que du thé fumé, c'est une forme d'hommage. »

Jules était maintenant devenu particulièrement volubile, ne s'arrêtant plus de parler. Il commanda une pinte de Warsteiner, comme si sa haine des Allemands avait subitement disparu.

« Mais pourquoi vouloir s'évader, comment a-t-il pu en arriver là ? relança Ethan, qui même s'il n'avait pas connu son grand-père en savait suffisamment sur sa personnalité pour deviner qu'il n'aurait jamais pu être un meneur et, de surcroît, qu'il ne serait jamais parti sans son fils.

— On n'a jamais vraiment su ce qu'il s'était passé. Deltour était une grande gueule et avait très tôt dit qu'il voulait s'évader, c'était un gars rugueux, brutal mais pas dénué d'intelligence. C'était lui, le cerveau de l'évasion. Estelmann n'avait plus rien à perdre car sa femme avait été tuée par une balle perdue au moment de leur arrestation. Il en parlait souvent et on sentait que la plaie béante créée par l'absence ne se refermerait jamais. Ton grand-père était proche d'eux, mais il n'aurait jamais été le moteur d'une telle opération. Pour moi, c'est son intimité avec les conspirateurs qui a donné à Allofs une parfaite excuse pour lui mettre une balle dans la tête. »

Il but une gorgée de bière et reprit son souffle. Le regard d'Ethan s'était voilé. Les mots sans doute trop crus de Jules lui avaient fait mal. Ce dernier s'en rendit compte.

« Désolé pour ce que je viens de dire. Le meurtre de ton grand-père, je l'ai souvent revu dans mes cauchemars, et l'image de cette saloperie d'Allofs, le pistolet

Luger à la main, me hante. Le plus incroyable, c'est que quinze jours plus tard Allofs quittait le camp. On a raconté qu'il avait été surpris par Ribbeck, violant une prisonnière. Pour un officier de sa qualité, c'était une ligne à ne pas franchir. Allofs a subi une mesure disciplinaire et a quitté le camp. De nombreuses filles s'étaient plaintes d'avoir été tripotées et certaines allaient jusqu'à évoquer un viol, sans qu'il ne se passe jamais rien. Le flagrant délit lui a été fatal.

— Que sont devenus les Allemands du camp ? reprit Ethan, passionné par le récit.

— Ribbeck a été capturé par les Ruskofs. J'imagine qu'ils ont dû organiser un procès rapide et qu'ils l'ont condamné à mort.

— Et Allofs, il a disparu ?

— Allofs ? Alors ton père ne t'a vraiment jamais raconté ? »

Devant le regard étonné d'Ethan, qui fronçait les sourcils, Jules pensa à son ami et se dit qu'il avait une capacité hors du commun à conserver un secret. Il acheva sa bière, d'une traite.

« Tu ne veux rien commander ? Je suis déshydraté. Garçon, mettez-moi un demi de la même, dit-il en désignant la pinte vide avec son index.

— Après la guerre, Allofs est devenu l'obsession de ton père. Il voulait retrouver sa trace, savoir s'il avait été tué, ou s'il était mort de sa belle mort, s'il se cachait. Ça semblait très important pour qu'il se reconstruise. En 1949, il a rencontré quelqu'un du centre de documentation juive de Simon Wiesenthal, et cela a agi comme un déclic. Il a commencé ses recherches.

— Et il est arrivé à quelque chose ? », reprit Ethan, captivé.

De façon complètement anodine, il découvrait un trait nouveau du caractère de son père et cela le passionnait.

« À force de travail et d'abnégation, ton père a fait mieux que ça, il a remonté une piste de façon méthodique. Allofs a survécu à la guerre. Sa famille, originaire de Dresde, a payé un lourd tribut aux bombardements de la ville car sa mère et sa sœur ont péri sous le déluge de feu des Alliés, en février 1945. C'est un des paradoxes de la guerre : permettre à des bourreaux de survivre et laisser des innocents périr. C'est la raison pour laquelle il a préféré rester dans la partie occidentale de l'Allemagne après le conflit. Il était recherché comme un grand nombre d'anciens nazis qui avaient officié dans les camps. Il lui a fallu disparaître des radars. Il a commencé à travailler dans une usine de pièces détachées de petit électroménager appartenant à l'un de ses proches cousins, à Wiesbaden. Il avait emménagé dans une chambre de bonne appartenant à la famille. Allofs avait toujours détesté ses cousins car ils avaient une existence de bourgeois ayant réussi dans les affaires, mais le fait de partager des idées extrémistes les avait rapprochés. Pour les Müller, protéger le cousin qui avait travaillé dans un camp de concentration, c'était un devoir.

— Je vois très bien ce dont il s'agit. Ça existe encore Müller, une boîte industrielle, ils font du petit électroménager, des sèche-cheveux. Le nombre d'entreprises qui ont bossé pour les nazis et qui ont survécu en dépit des sanctions et autres, c'est dingue. »

Attablés depuis maintenant près de deux heures, les deux hommes n'avaient pas vu le temps passer. Le monologue de Jules avait pour lui une vertu quasi thérapeutique. Quant à Ethan, il était concentré sur les révélations qui se succédaient. Les cloches de Saint-Germain-des-Prés retentirent à dix-neuf heures, offrant aux fidèles l'ultime session de la messe dominicale. Ethan était lui aussi passé à la bière.

« Allofs est resté dans le Land de Hesse pendant quatre ans. Il s'est fait remarquer, victime de ses démons dans une boîte de nuit de Francfort. Un barman avait fini par appeler la police après avoir été témoin de gestes déplacés et insistants sur une jeune femme. Elle avait dû se débattre pour ne pas se faire violer. Complètement ivre, il a essayé de la frapper en hurlant son nom et que “dans les camps il avait gazé un bon nombre de salopes de son espèce”. Il avait réussi à s’extraire de l’établissement avant l’arrivée des policiers. Néanmoins, son nom était paru dans le journal, accompagné d’une photo d’archives en uniforme. Il pouvait donc être reconnu. Ton père a toujours dit que le destin l’avait épargné. Il est sûr que s’il avait été arrêté à Francfort, il aurait fait l’objet d’un procès et aurait été condamné comme criminel de guerre. Il est tout à coup devenu encombrant pour les Müller, qui cherchaient à éviter une mauvaise publicité. Le cousin Andreas a donc décidé d’envoyer Allofs là où il ne risquerait plus rien : en exil. Il a sans doute changé de nom à Buenos Aires, hébergé par d’anciens nazis. Il avait rencontré une nièce de Rudel, un pilote d’élite pendant la guerre qui avait fui l’Allemagne et organisait la filière d’exfiltration vers l’Argentine. Ils auront une fille qui mourra à l’âge de deux ans. À cette époque, ton père avait des relations à l’ambassade d’Israël à Paris et s’était lié d’amitié avec le premier conseiller. C’est au hasard de conversations que ce dernier l’avait informé que le Mossad était sur sa piste et je pense que ça a été pour lui un soulagement parce qu’il s’est imaginé que le camp des bons allait l’emporter et qu’Allofs allait payer sa dette ici ou dans l’au-delà. En tout cas, une dizaine d’années après la guerre, ton père a trouvé une forme de sérénité.

— Et on a su ce qu'il était devenu ?

— Tout ce que l'on sait, c'est qu'il n'a pas été retrouvé par les agents israéliens et qu'il a quitté le pays quand le risque devenait trop grand à Buenos Aires. »

Périers-en-Auge

Samedi 30 avril 1988

La famille Lestraing possédait ce joli manoir de style normand à colombages depuis très longtemps. L'imposante maison se dressait au bout d'une allée sinueuse bordée de marronniers. Le parc était clos de murs rongés par les ans et la vigne vierge, partiellement effondrés par endroits. C'était le lieu idéal pour passer un week-end, même si, comble de malchance, le 1er mai tombait un dimanche. Diane avait insisté pour inviter Guillermo, avec qui elle flirtait. Ses parents avaient finalement accepté, et l'avaient installé dans l'aile des invités, suffisamment loin de la chambre de leur fille pour dissuader toute tentative de rencontre nocturne, du moins espéraient-ils. Le jeune homme aurait pu accepter l'invitation des Stern dans leur appartement de Deauville, mais il avait préféré le calme du bocage au-dessus de Cabourg plutôt que le bord de mer. La vérité était qu'il ne voulait pas risquer de se retrouver dans une situation embarrassante avec Déborah. Il avait commis un écart une quinzaine de jours auparavant, à la faveur d'une soirée trop arrosée, et ne voulait en aucun cas réitérer la chose. Il avait eu honte de sa trahison, détestait mentir, et s'en voulait de ne pas avoir résisté à la tentation. Par chance, Benjamin et Ethan n'en savaient rien, et Déborah tiendrait sa langue, trop fière d'avoir réussi à piéger son ami sud-américain à son jeu de séduction. Il fallait que la situation soit très claire car les amis avaient tous rendez-vous au restaurant Les Vapeurs, à Trouville-sur-Mer, avant d'aller perdre une centaine de francs au casino et de terminer la soirée aux Planches.

Marie-Alix de Lestraing était une belle femme blonde, assez élancée. Le week-end, elle passait beaucoup de temps à tailler ses rosiers, et soignait son compost avec une vraie sensibilité environnementale avant l'heure. Les épluchures de légumes échappaient à la poubelle pour terminer dans de grands bacs en bois où, mélangées à des feuilles mortes, quelques vers les transformaient en humus. Et gare si la fidèle Yvonne, qui veillait sur le domaine depuis vingt ans et avait connu Diane bébé, s'avisait de ne pas regrouper les déchets organiques.

Comme Marie-Alix voulait profiter de l'éclaircie qui faisait suite à l'ondée du matin, elle demanda à Yvonne de servir le café dans le jardin. Il n'y avait que deux chaises longues, réservées aux parents. Diane et Guillermo s'installèrent sur le banc en teck rendu gris par l'humidité, comme dans les parcs londoniens, aux pieds duquel s'étaient développées des petites mousses.

« Quel est votre programme du jour ? lança Charles-Antoine.

— Je pensais à une balade à vélo et si mon adorable papa me prête la Peugeot, on ira retrouver les copains de Guillermo à Deauville.

— Quelle horreur, ce Deauville, ce sont vos copains Stern ? Ça ne m'étonne pas qu'ils y séjournent. C'est m'as-tu-vu au possible.

— Enfin, Charles-Antoine, Nathanaël Stern est quelqu'un d'absolument délicieux, il est venu plusieurs fois faire des conférences à l'école du Louvre sur le mobilier Empire, sur ce sujet-là, c'est une sommité. Il est absolument passionnant. »

Mme de Lestraing détestait, par-dessus tout, les sous-entendus antisémites de son mari, dont le père avait été un Croix-de-Feu notable. « C'est quand même une éducation très différente. Ces gens aiment montrer leur argent, c'est vulgaire », marmonna le père de famille.

Guillermo avait fini de se formaliser sur le sujet tant il lui semblait éloigné de sa vie et de son environnement familial. Il pensait que Charles-Antoine avait applaudi des deux mains la mise en place de la proportionnelle, qui avait envoyé une cohorte de députés du Front national à l'Assemblée nationale. En bon provocateur, Guillermo ajouta pourtant :

« Vous avez raison, ces juifs, ils ne sont pas comme nous.

— Guillermo est d'accord ! », renchérit Charles-Antoine, ravi d'avoir trouvé un allié de circonstance, avant d'éprouver une espèce de gêne dans le « comme nous ». En quoi un aristocrate français de vieille souche pouvait-il avoir un point commun avec un Sud-Américain, réfugié politique qui plus est ?

Pour éviter que la discussion prenne une tournure désagréable, Diane s'écria : « Je vais chercher mon vélo. Guillermo, tu vas prendre celui des invités, il y a de fortes chances qu'il ait besoin d'être regonflé, allez, *go* ! » Le ton était on ne peut plus directif. Guillermo lui emboîta le pas en lançant un tonitruant : « Allons à la découverte du bocage normand ! »

Les vélos remis en état, ils s'élancèrent sur les routes vallonnées du pays d'Auge. Guillermo avait du mal à passer ses vitesses, mais l'ambiance était aux rires. Après une demi-heure d'un parcours fait de descentes et de montées, dans lesquelles Diane prenait systématiquement la tête du duo en provoquant gentiment Guillermo, ils aperçurent les grilles de la propriété et croisèrent la Volvo des parents de Diane qui empruntait le chemin inverse pour aller faire quelques courses à Cabourg.

Sous l'auvent qui servait d'abri pour les bicyclettes, la tondeuse et les outils de jardin, et où pourrissait une vieille table de ping-pong en bois, Guillermo essayait de régler son problème de dérailleur avec une clé et un flacon d'huile « 3 en 1 ». Diane s'approcha de lui et commença à lui passer la main dans les cheveux puis sa main descendit sur ses pectoraux avec un mélange de sensualité et d'insistance. Il attrapa sa main et se redressa tout en lui faisant face. Leurs bouches s'effleurèrent, il glissa sa main gauche entre ses cuisses et la caressa tout en la faisant reculer pour la plaquer contre la paroi en bois. Elle jouit. Son plaisir fut de courte durée car elle craignait d'être surprise par Yvonne. Ils se dirigèrent rapidement vers la maison. Guillermo était excité mais mesurait le risque, il attendrait. Sur la console de l'entrée, Marie-Alix avait laissé un mot à l'attention de sa fille, avec les clés de la Peugeot 104, l'invitant à bien s'amuser à Deauville, message qu'elle avait ponctué de multiples points d'exclamation. Elle avait un certain humour et voulait ainsi se démarquer de son mari.

Diane et Guillermo, douchés et parfumés, étaient prêts pour leur soirée. Elle portait une robe légère, mais la coupe était suffisamment réussie pour que l'on note au premier regard qu'il s'agissait de prêt-à-porter de luxe. Elle avait le chic de souvent choisir du bleu pour faire ressortir ses yeux et n'avait besoin que d'un maquillage léger. Attentive aux détails, elle avait ajouté un accessoire que lui avait offert Guillermo, un sautoir ethnique avec une croix andine. Lui avait discipliné sa chevelure avec du gel, et arborait sa plus belle chemise blanche et son Levi's brut. Le couple avait fière allure. Ils firent leur petit effet en rejoignant la smala Stern aux Vapeurs. Il y avait là, autour d'une table en terrasse, Benjamin, Ethan et Déborah, bien sûr, mais aussi d'autres amis. Déborah paraissait spécialement excitée, sans doute à cause d'une consommation exagérée de rosé, mais également par la perspective de rencontrer Diane. Ethan en avait tant vanté les qualités depuis qu'ils avaient officialisé leur relation.

« Bonjour Diane. Ethan m'avait parlé de toi avec des trémolos dans la voix, mais il était loin de la réalité. Et ta robe est dingue. Ça vient de chez qui ? » Guillermo trouvait que l'entrée en matière se déroulait sans encombre en dépit de son passif avec Débo, mais il restait sur ses gardes. « Et notre beau *caballero*, très propre sur lui, non ? Tu ne m'embrasses pas ? » Ethan fit signe à sa sœur de se calmer un peu. Guillermo l'embrassa poliment, sans aucune ambiguïté. « Ravi de te connaître, Déborah. La robe vient de chez Azzaro, mais elle a été achetée durant les soldes réservées à la presse, bien sûr », se sentit obligée de préciser Diane pour ne pas donner l'impression qu'elle cédait à ses caprices au prix fort. La table était occupée par les frères Stern, Benjamin était avec son amie du moment, Emma, et il y avait un couple un peu plus âgé : David et sa femme, Valérie, de vieux copains de la famille Stern. Finalement, Ethan était le chevalier servant de sa sœur.

« Putain, on est les seuls goys, ricana Guillermo.

— Encore heureux, à Deauville, on est chez nous, je te rappelle que tu es toléré ici », renchérit Ethan.

Le Chilien pensa une seconde à la tête de Charles-Antoine de Lestraing s'il avait été là et esquissa un sourire complice qu'il partagea discrètement avec Diane. Le dîner se déroula dans une ambiance joyeuse. David était désopilant avec ses histoires de bizutages et de stages en faculté de médecine. Emma, normalienne, était une dévoreuse de livres et avait un talent incomparable pour donner envie de faire une razzia à la Fnac. S'ensuivit une discussion animée sur les pièces de théâtre à ne pas louper à Paris, entre Diane, Emma et Déborah, qui s'invitait dans la conversation pour ne pas rester à l'écart. En terminale A, et visant hypokhâgne, elle n'était pas en reste. Valérie Klein se situait un peu à la lisière de ces échanges, elle n'était pas littéraire pour un sou et n'était pas une adepte du spectacle vivant. Elle avait connu David sur les bancs de la fac, sans doute l'une des élèves les plus prometteuses, mais son sujet de prédilection, l'oncologie, ne pouvait faire l'objet d'une conversation mondaine.

David interpella Ethan et Guillermo : « Finalement, vous le faites quand ce voyage au Chili ? » En effet, depuis bientôt deux ans, les deux amis avaient mûri le projet de se rendre dans le pays natal de Guillermo, qui s'était proposé comme guide. Le mois d'août s'imposait naturellement, car il leur permettait de partir au minimum un mois et demi. Ethan n'avait aucun doute quant à l'obtention de sa licence dès le mois de juin. Guillermo avait convaincu un professeur d'histoire de la rue Saint-Guillaume de transformer ses vacances en voyage d'études, et de profiter d'une partie de son temps sur place pour rencontrer le professeur Jorge Torrealba, de la Pontificia Universidad Católica, qui était l'un des spécialistes reconnus de la dictature militaire. La finalité de ces rencontres était d'organiser, au mois de novembre de la même année, un séminaire ou une convention sur le référendum chilien. Cet événement démocratique, prévu en octobre 1988, poserait la question aux Chiliens du maintien au pouvoir d'Augusto Pinochet. L'institut d'études politiques se voulait à la pointe de l'analyse critique de ce qui se passait en Amérique latine, et l'occasion était belle de bénéficier de la présence d'un correspondant sur place.

« David, tu fais bien de poser la question, on vient de prendre nos billets, nous serons à Santiago le 27 juillet et en repartirons le 5 septembre. C'est le moment où les billets étaient les plus abordables, mais nous ferons malgré tout une escale à Río. Je suis surexcité par la perspective de découvrir un vrai pays de *sous-devs.* »

Guillermo s'esclaffa mais n'en pensait pas moins en son for intérieur.

« C'est formidable de faire ce voyage tous les deux, je vous envie, car le Chili est paraît-il magnifique. En revanche, son système de santé est entièrement privatisé, l'hôpital public est en déshérence complète alors que les cliniques privées n'ont rien à envier à celles que nous possédons en Europe...

— Valérie, dispense-nous s'il te plaît de ton cours sur la santé en Amérique latine, coupa net Ethan.

— On règle et on se casse aux Planches. *Go* ! »

Benjamin avait visiblement envie de reprendre les choses en main pour que la soirée s'anime un peu. Guillermo sentait qu'une certaine lassitude gagnait son amie, mais il était très en forme pour aller danser. Il glissa à Ethan de motiver Diane, mais ses consignes se révélèrent inutiles car Déborah, qui commençait à se déhancher, se fit plus insistante. « Allez Guillermo, je sens que tu veux enflammer le *dance floor*, on y va ! » Diane s'approcha du Chilien, passa ses bras autour de sa taille et l'embrassa longuement sur la bouche. « Allez, on va aux Planches. » Elle marquait son territoire. David et Valérie montèrent dans la Saab 900 décapotable prêtée par les parents de David. La 104 des Lestraing démarra dans son bruit de moteur très caractéristique. Benjamin avait quant à lui une Golf GTI quasi neuve, du plus bel effet, il embarqua Emma, son frère et sa sœur. Il travaillait régulièrement comme DJ et, à la longue, ses cachets lui avaient permis de mettre de l'argent de côté. Quand ils arrivèrent aux Planches, l'entrée était prise d'assaut, mais Benjamin était bien connu et l'établissement de nuit ne pouvait décemment laisser à l'extérieur un groupe avec des jolies filles. Ils entrèrent et prirent une table bien placée dans le carré VIP, la bouteille de vodka dans son seau à glace arriva aussitôt, avec le jus de pommes et les bouteilles de tonic. L'ambiance était bon enfant, avec un mélange de tubes du moment et les fameuses vingt bonnes minutes de pur disco, incluant systématiquement *Born to Be Alive*. Le groupe était très animé, les garçons veillant à ce que les verres soient remplis, les filles dansant de manière assez aguicheuse, notamment Diane et Déborah. Deux tables plus loin était affalé un groupe de trois garçons, la trentaine, cheveux très courts. Ils dénotaient un peu dans cette foule plutôt composée de Parisiens en goguette. Une fille était assise avec eux. Ils ne donnaient pas l'impression de s'amuser mais commandaient verre sur verre. L'un des garçons ne quittait pas Diane des yeux, elle était particulièrement désirable et avait un indéniable talent pour danser de façon suggestive. Une cohorte de danseurs l'entourait, chacun d'eux essayant de se positionner face à elle pour mieux l'accompagner dans ses déhanchements. Guillermo restait assis, plutôt amusé par le ballet des prétendants. Les filles revinrent s'asseoir pour prendre des forces. Emma en était à sa troisième vodka et discutait en parlant fort avec David, lui aussi bien alcoolisé. Ils se levèrent pour danser sur *Love is All* – le tube de Roger Glover –, qui supposait de terminer en valse endiablée. L'un des « crânes rasés » s'approcha de Diane, posa la main sur son épaule et lui adressa la parole. Diane fit un geste en pointant son index vers son oreille et en faisant non de la tête. Elle ne parvenait visiblement pas à comprendre ce qu'il disait jusqu'à ce qu'il s'approchât au point de coller sa bouche sur son oreille : « Tu n'as pas honte de traîner avec ces saloperies de feujs ? » Guillermo repéra aussitôt l'air de dégoût sur le visage de son amie, sans savoir quelles insanités avaient été proférées, mais il sentit une gêne et s'approcha rapidement en serrant les poings.

« Il t'emmerde, ce connard ?

— Laisse tomber Guillermo, il a bu », lui répondit-elle en le tirant par le bras et en l'entraînant vers leur table, tournant le dos à leur voisin.

Elle était un peu étonnée de l'agressivité dont faisait preuve Guillermo et voulait éviter l'esclandre. C'est alors que le skinhead le retint par l'épaule, se rapprocha de lui et hurla dans une attitude provoquante : « Je lui demandais ce qu'elle foutait avec des feujs ? » La phrase avait été prononcée très distinctement, à dessein. Guillermo se détacha avec force du bras de Diane qui le retenait et le coup partit. Une belle droite atteignit l'arcade gauche du garçon, qui recula sous l'impact. Diane était en panique, sentant que tout pouvait dégénérer rapidement. Elle faisait des signes en direction de leur table. Benjamin avait bondi de sa place et essayait de les séparer alors que Guillermo continuait de donner des coups. D'autres personnes s'étaient interposées, y compris les amis de l'agresseur. Benjamin avait du mal à contraindre Guillermo à cesser les hostilités. Il le saisit par la nuque avec fermeté pour lui intimer de se calmer en le fixant droit dans les yeux.

« Tu arrêtes ton cirque et tu redescends en tension, OK ?

— Ce mec est un antisémite et tu veux laisser passer ? »

Benjamin lui répondit avec fermeté : « Ce n'est pas le lieu. J'ai ma réputation dans cette boîte et si tu fous le bordel en te bastonnant avec les premiers abrutis, tu me mets dans une situation pourrie. Et si je devais me mettre à frapper tous ceux qui insultent les juifs, je passerais ma vie à me battre. Si on recroise ces gars sur la plage ou dans la rue, on leur mettra la tête au carré mais pas maintenant et pas ici. »

Deux imposants videurs finirent par intervenir, l'un d'eux s'adressa à Benjamin en des termes peu amènes, lui signifiant que ce genre d'animation pouvait lui fermer définitivement les portes de l'établissement. Il lui dit qu'il avait beaucoup de chance d'être un habitué, sinon ils l'auraient jeté dehors avec toute sa clique. Ethan avait été témoin de la scène, mais il était resté sans réaction, immobile avec le reste du groupe. Quand Benjamin et Guillermo revinrent s'asseoir, Diane était très énervée. « Tu aurais pu te bouger quand tu vois ton copain qui veut casser la gueule à un mec. Heureusement Benjamin est intervenu, mais ça aurait pu mal tourner. » Guillermo, se sentant dans son bon droit, avait du mal à en rester là. « Les mecs sont sortis de la boîte, on peut essayer de les choper, si on y va tous maintenant. » Benjamin voulait clore cet épisode une bonne fois pour toutes. « Tout le monde est un peu bourré, l'ambiance est gâchée donc on termine la bouteille et on rentre tous tranquillement. »

Emma et David essayaient de détendre un peu l'atmosphère en proposant d'aller danser tous ensemble. Déborah, qui n'en manquait pas une, félicita indirectement Guillermo en s'adressant à Diane.

« En tout cas, ton mec sait se battre, tu peux te sentir en sécurité.

— Je crois surtout que mon mec a pourri la soirée de tout le monde. »

Comme Ethan, elle avait découvert une autre face de Guillermo, un côté déterminé, n'hésitant pas à frapper le premier, une forme de violence froide. Ce qui l'horripilait par-dessus tout était qu'il refuse de s'excuser pour avoir créé une situation qui aurait pu se terminer en drame. Diane s'adressa de façon très sèche à Guillermo pour lui signifier qu'il était l'heure de lever le camp. Elle conduisit sur la route du retour, le trajet fut silencieux. Cette nuit-là, Guillermo ne quitta pas sa chambre sur la pointe des pieds pour rejoindre Diane…

Santiago

Mercredi 12 septembre 1973

José Luis se réveilla au moins quatre fois dans la nuit après avoir eu beaucoup de mal à trouver le sommeil. Son cerveau avait analysé chaque son comme une menace et, surtout, il pensait que Javier le rejoindrait. C'était un garçon sur lequel on pouvait compter, ne pas avoir de ses nouvelles était source de tension. Hernan, en hôte prévenant, était allé chercher des œufs dans la ferme voisine afin de préparer une omelette à ses amis. Pour que la chose ne se remarque pas, il avait cuit une triple ration, en avait mangé un tiers, et avait emballé le reste dans du papier aluminium, pour pouvoir rapporter le tout discrètement dans l'entrepôt et nourrir ses invités.

« Fantastique petit déjeuner, tu devrais ouvrir un *bed and breakfast*, lança José Luis.

— Je sais que ce n'est pas le grand luxe, mais pendant quelque temps, je suis convaincu que cet endroit est idéal pour te cacher. On n'a malheureusement aucune nouvelle de Javier. C'est un peu préoccupant, mais c'est le genre de gars qui sait comment passer entre les mailles du filet, donc je ne me fais pas de souci.

— Le pire, c'est qu'en dépit de ce contexte particulier j'ai super bien dormi, enchaîna Fabián pour détendre l'atmosphère.

— Le fait que tu aies bien dormi est complètement avéré, je te rassure », ajouta José Luis avec une mine renfrognée, excédé par la mauvaise nuit qu'il avait passée du fait des ronflements de son compagnon de chambrée.

Hernan les interrompit pour prendre la parole sur le sujet bouillant qui concernait Javier. Il proposa d'aller à Santiago en voiture pour essayer de le trouver. Cela lui était possible car son nom ne pouvait souffrir aucun doute quant à ses sympathies politiques. Il pourrait forcément passer les barrages sans prendre de risques. José Luis proposa de l'accompagner, mais Hernan n'y tenait pas, dans la mesure où sa présence pourrait compromettre l'opération. Ce dernier parvint néanmoins à se montrer convaincant au motif qu'aller seul à Santiago pouvait représenter un risque, notamment s'il fallait récupérer Javier dans le feu de l'action. Hernan n'avait pas connaissance du fait que José Luis était armé, et ce dernier se garda bien de le lui dire. Ils montèrent tous les deux dans la camionnette et prirent la direction de la *plaza* Brasil, quartier dans lequel Javier résidait. Cette première journée post-coup d'État semblait très particulière, on ressentait clairement une tension extrême, tout le monde était paniqué. Les soldats étaient partout, marchant dans les rues en file indienne par patrouilles de dix, perchés sur des blindés pour contrôler les carrefours. Le plus choquant était de découvrir des groupes hétéroclites de personnes mains sur la tête, encadrées par des militaires. Dans certaines rues, des hommes se trouvaient debout, bras tendus, les mains collées sur un mur, d'autres faces contre terre, le visage de profil, maintenus au sol sous un pied chaussé d'une rangers. Des tirs claquaient dans les environs, laissant imaginer des exécutions sommaires. Le véhicule utilitaire était en tout cas une couverture parfaite. Son état général, la boue sur les roues, l'inscription « Irrarazabal *importador exclusivo* – Pudahuel », donnait tous les gages de sécurité et ressemblait à des centaines d'autres camionnettes des campagnes. Hernan se gara à proximité de l'immeuble dans lequel vivait Javier. Il demanda à José Luis de rester dans le véhicule et se dirigea vers un édifice plutôt bien entretenu. Il s'engouffra dans l'entrée et monta au troisième étage. La porte était fermée. Il sonna plusieurs fois, sans obtenir de réponse. Une voisine finit par sortir sur le palier. « Bonjour, je cherche Javier Olmedo, vous ne l'auriez pas vu ? » Il sentit immédiatement une gêne chez son interlocutrice, qui ne savait trop quoi répondre de peur de donner une information à quelqu'un qu'elle ne connaissait pas. Hernan dut se montrer convaincant en expliquant que c'était un ami proche. Javier n'avait pas été vu depuis la veille, ce qui rajouta au stress de son camarade. Hernan connaissait bien le plan de contingence, et si Javier n'avait pu rejoindre Pudahuel, c'est qu'il s'était passé quelque chose de grave. Il remercia cette voisine peu prolixe, redescendit rapidement les escaliers, pour vite remonter dans le véhicule où son passager avait fait preuve de patience. Il s'exprima de façon laconique : « C'est la merde. Javier n'est pas rentré. Cassons-nous. » Avant de démarrer.

José Luis regarda sa montre. Il était seize heures. Il demanda à Hernan de bien vouloir l'emmener du côté de la *plaza* Brasil, qui était l'endroit où Guillermo allait jouer après l'école. Les mamans de trois copains de son fils se relayaient à tour de rôle pour emmener et surveiller les enfants, qui jouaient au foot ou se poursuivaient en hurlant. La camionnette se gara à proximité des lieux. José Luis devina la silhouette de son fils depuis son poste d'observation. La présence de militaires à proximité le dissuada néanmoins de sortir de la camionnette.

Il était là, à une trentaine de mètres de cet enfant rieur, qui vivait sa vie avec l'inconscience de ses six ans. Guillermo était en nage, courant ventre à terre pour échapper aux autres dans ce qui ressemblait au jeu de la *pinta*[14]. Le père put constater avec satisfaction que son fils était le plus malin pour se dissimuler. Il l'observa de longues minutes, avant que Hernan le sorte de son état contemplatif. « José Luis, ce n'est pas prudent de rester là. Allons-y. On viendra voir ton fils un autre jour. » Ils décidèrent quand même de passer dans le quartier de Bellavista, où Javier avait ses habitudes, mais rien ne leur permit d'avoir des informations sur son programme des dernières vingt-quatre heures. Ils s'arrêtèrent devant *La Ferretería Fabres*, une espèce de magasin de bricolage, dans lequel travaillait Juan « Gordo », un camarade, dont l'imposante carrure lui avait valu son surnom. Ce n'était pas un foudre de guerre et son engagement politique valait surtout pour le caractère convivial des réunions politiques où l'on vidait bière sur bière. Quand il vit la camionnette Irrarazabal ralentir devant l'échoppe, il avisa le propriétaire du négoce qu'il devait sortir cinq minutes. Il monta à l'arrière du véhicule, qui démarra. Gordo commença un long monologue sans plus attendre car il connaissait la raison pour laquelle ils étaient passés le voir :

« Les gars, j'ai une très mauvaise nouvelle, Javier a été arrêté hier par l'armée. Il avait passé une partie de l'après-midi avec moi car il craignait de retourner à son appartement. Je lui avais conseillé de vous rejoindre le

14. Jeu du chat et de la souris.

plus vite possible, mais il a insisté pour aller chez lui afin de détruire certains documents compromettants. C'est en ressortant qu'il est tombé sur deux policiers en civil qui l'ont arrêté. Ils l'ont fait monter dans une Ford blanche. Trois soldats sont entrés dans son appartement pour le fouiller et y sont restés une quinzaine de minutes, mais ils sont repartis sans rien. C'est son cousin qui passait par là qui a été témoin de la scène et me l'a rapportée. Tout s'est fait sans violence, ce qui est plutôt une bonne nouvelle. Heureusement Javier n'était pas armé au moment de son arrestation, sinon les choses auraient sans doute dégénéré. Il doit être interrogé, mais rien ne permet de dire qu'il va être arrêté. Javier est un garçon intelligent et très prudent, il a dû se débarrasser de tout ce qui était un peu encombrant. En plus, on ne peut pas dire qu'il fasse penser à un dangereux révolutionnaire, il n'a jamais été visible ou actif dans le monde politique ou syndical, c'est même plutôt un bourgeois », se permit-il de rajouter avec une pointe de critique. Gordo était persuadé que la révolution ne pouvait émaner que des classes laborieuses et que les bourgeois n'étaient que des poids morts, incapables de trouver les ressources nécessaires au passage à l'action. Il avait néanmoins une amitié sincère pour Javier.

« Gordo, tu pourras essayer de suivre les choses et nous tenir au courant ? Nous, on doit se faire un peu oublier à Pudahuel, le temps d'appréhender la situation, enchaîna José Luis alors que Hernan effectuait quelques tours du pâté de maisons, concentré derrière son volant.

— Les gars, il faudrait me déposer à *La Ferretería* parce que mon patron va se poser des questions. En plus, à faire des tours du pâté de maisons, on devrait finir par attirer l'attention. »

C'était évidemment la décision la plus sage. Il n'y eut pas d'effusions au moment de prendre congé les uns et des autres. Gordo demanda à être lâché à distance respectable du magasin. Ils convinrent d'entrer en contact tous les trois jours.

Il était pesant de se dire que les deux amis devaient repartir pour leur retraite clandestine. Le fait de se retrouver en plein Santiago, même s'il y régnait une atmosphère particulière, était comme une bouffée d'oxygène. Les rues relativement animées, les gens dehors, on aurait pu se leurrer et y voir les caractères de la normalité. Alors que la voiture remontait l'avenue de l'Alameda, José Luis eut un réflexe d'instinct quasi animal : « Laisse-moi là, il y a un truc que je ne sens pas. Ces voitures qui ralentissent deux cents mètres plus loin, il y a quelque chose… » Hernan s'exécuta sans comprendre la montée d'angoisse de son copilote, mais la prudence devait être leur obsession commune. Il ralentit, José Luis descendit discrètement, profitant de l'arrêt des voitures dans le trafic. « Chope-moi à midi à

Los Leones, midi précise, si je ne suis pas là, pars sans moi. » Il referma la portière avec soin. Lorsque Hernan regarda dans sa direction, il avait déjà disparu.

Son flair ne lui avait pas fait défaut. Les voitures avançaient sur une seule file jusqu'au *checkpoint*. Le passage entre des sacs de sable était plutôt exigu mais suffisant pour que les bus puissent passer. Le comité d'accueil était assez fourni, avec une dizaine de soldats et deux galonnés. Quelques voitures étaient à l'arrêt, leurs occupants les mains sur le capot. Les soldats fouillaient les coffres. Un enfant d'une dizaine d'années regardait un couple, assis sur le trottoir, les mains sur la tête, tenu en joue par un très jeune soldat. La femme était en larmes. La colonne de véhicules avança lentement, jusqu'à ce que la camionnette Irarrazabal parvienne à l'endroit où on lui intima l'ordre de s'arrêter et de couper le moteur. Un officier s'avança, l'air menaçant : « D'où venez-vous et où allez-vous ? Tout en jetant un œil à la voiture. Vous devriez être à Pudahuel, c'est bien là que sont situés vos entrepôts ? » Hernan avait eu un grand-oncle dans l'armée et il maîtrisait très bien les grades en regardant les épaulettes, ce qui lui permit de s'adresser à lui avec confiance.

« Mon lieutenant, je suis passé à Santiago car je devais aller voir une de mes tantes, mais je suis en route pour Pudahuel. Vous savez, l'activité continue.

— Donnez-moi votre carte d'identité et les papiers de la camionnette pour que je fasse les vérifications nécessaires. »

En regardant les papiers, il releva la tête.

« Vous êtes de la famille ? Je connais bien vos entrepôts car j'ai habité à côté il y a une quinzaine d'années.

— Oui je travaille dans l'entreprise de mes cousins. Mon lieutenant, vous contrôlez quoi ou qui ?

— Le général souhaite que dans le nouveau Chili, on se débarrasse de la vermine rouge qui a foutu le système à terre. On va traquer ces salopards d'anarchistes et de terroristes, et faire le ménage. »

Hernan jouait très bien la comédie et lui lança un regard qui sous-entendait tout son soutien à cette croisade « nécessaire ». Il salua l'officier qui lui faisait signe de passer. Il ne fallait pas traîner pour récupérer José Luis car les choses avaient pris plus de temps que prévu. Hernan ressentit une impression étrange, le pays avait basculé en dictature militaire, mais les gens semblaient assez résignés comme si cette situation avait existé depuis quelques années.

José Luis était bien au lieu de rendez-vous. Il attendait devant une boutique d'ustensiles de cuisine. Il vit la camionnette en approche, fit un signe discret de la main. Hernan ralentit et s'arrêta le temps que José Luis rentre dans la voiture. Trente-cinq minutes plus tard, ils étaient de retour à l'entrepôt, apportant avec eux la mauvaise nouvelle de l'arrestation de Javier. Les militants et cadres du MIR étaient bien sur la liste noire du régime.

Quais de Seine

Jeudi 23 juin 1988

Existe-t-il un plus bel endroit que Paris au mois de juin, quand la météo est clémente et que la nuit semble ne jamais tomber ? Diane avait voulu dîner en terrasse pour profiter du climat. Guillermo avait jeté son dévolu sur le restaurant La Plage, situé sur les quais, où il flottait un avant-goût de vacances. Il avait dû passer au vernissage de l'exposition d'un artiste chilien que connaissait bien sa mère. Ce n'était pas tant pour la qualité des œuvres, qui n'étaient pas forcément de son goût – des huiles sur toile très abstraites avec une claire inspiration ethnique mapuche –, mais plutôt la joie de retrouver sa diaspora latine. Il y avait toujours des histoires à raconter, des souvenirs à évoquer. María Paz et lui avaient une aura particulière car la veuve et l'orphelin avaient payé un lourd tribut au coup d'État. Le fait qu'elle n'ait jamais voulu retourner dans son pays avait également beaucoup marqué, de même que son refus de refaire sa vie alors qu'elle était plutôt jolie. Elle était restée assez longtemps avec un galeriste du Quartier latin, mais elle n'avait jamais souhaité s'installer avec lui de façon définitive. Elle se consacrait à Guillermo, sa fierté, mais également son lien avec les fantômes du passé et avec le seul homme qu'elle ait vraiment aimé : José Luis. Son grand ami était Fabián Ramirez, arrivé en France en 1975, l'un des rares compagnons de lutte de José Luis à avoir survécu. Fabián avait une importance particulière car il avait été présent le jour de l'arrestation du père de Guillermo. C'était un miracle qu'il en ait réchappé car des coups de feu avaient été échangés et il avait été blessé par balle au bras gauche. Par chance, il avait pu s'enfuir en récupérant la moto. Sa présence d'esprit et sa réactivité avaient été son salut. Fabián était très excité que Guillermo, le fils de son ami, son vrai-faux filleul, se rende au Chili. Il y avait conservé un bon réseau d'amis, tous très engagés politiquement. La grande majorité s'était pourtant rangée et avait remisé au placard les idéaux révolutionnaires pour épouser une existence plus classique, de bon père de famille. Tandis que d'autres avaient suivi un parcours d'extrême gauche, étaient passés par Cuba ; d'autres encore s'étaient illustrés en commettant des actes terroristes, dont l'acmé avait été la tentative d'assassinat du général Pinochet, deux ans auparavant. En effet, le Frente Patriótico Manuel Rodriguez[15] avait été proche

15. Organisation d'extrême gauche.

de tuer le chef de l'État dans une embuscade organisée dans le Cajón del Maipo[16]. Enfin, certains avaient trahi et donné quelques noms à la DINA[17] pour sauver leur peau. Ils avaient contribué à démanteler le Frente, mais des représailles leur avaient coûté la vie.

« Tu sais Guillermo, c'est fantastique que tu retournes au Chili. Tu vas te reconnecter à tes racines, tu vas comprendre de quel bois on est faits, et c'est sans doute du bon bois de l'Araucania[18]. Je vais te donner des contacts de types fantastiques qui ont bien connu ton père et qui pourront te montrer où vous habitiez, où il enseignait, où ta mère est née, bref ce sera un pèlerinage, mais laïc évidemment, précisa l'anticlérical notoire.

— Fabián, j'y vais pour bosser aussi. C'est un voyage d'études. Je peux te dire que je n'ai pas intérêt à déconner, Sciences Po attend un beau rapport de mes rencontres avec des experts et des constitutionnalistes, pour appréhender les tenants et aboutissants du référendum. Tu penses quoi au plus profond de toi, le résultat du référendum pourrait conduire au retour de la démocratie, le *No* à Pinochet peut-il gagner ?

16. Une route à flanc de montagne au sud de Santiago.

17. La Dirección de Inteligencia Nacional, les services de renseignement du régime chilien.

18. Région forestière du Sud-Chili.

— Pour la première fois depuis longtemps, j'ai confiance. Le vieux salopard a fait son temps, les Chiliens sont prêts. On va leur vendre de la terreur en leur promettant un enfer si Pinochet devait quitter le pouvoir, on va leur dire que les rouges vont attenter à leur propriété privée et que l'insécurité va enflammer le pays, mais ça ne prendra pas. Le Chili est prêt à faire sa transition démocratique. À part l'extrême droite dure, le centre droit et la gauche vont se mobiliser et feront basculer les choses. Ce sera du soixante-quarante pour cent, je te parie ce que tu veux. »

María Paz les interrompit, elle avait deux coupes de champagne à la main et en tendit une à Fabián. « Tu réfléchiras mieux avec un verre, Fabián. Je te vois bien optimiste, toi qui es toujours tellement mesuré. La société chilienne est encore très conservatrice à mon avis et on n'est pas à l'abri d'un *deus ex machina* de dernière minute avec Pinochet, soit pour torpiller l'organisation du vote, soit pour ne pas tenir compte du résultat, s'il s'avérait défavorable. C'est un retors et sa cour n'est pas prête à lâcher ses privilèges. Et puis, que va faire l'armée ? »

Fabián reprit :

« Je le sens, je te dis, cette fois c'est la bonne. En tout cas, je vais donner à ton fils une liste de contacts pour qu'il ne s'ennuie pas à Santiago. Je sais qu'il va être hébergé chez ta cousine, mais j'imagine que ce sont des bourgeois et qu'il ne va pas beaucoup s'amuser alors que mes copains sont des marrants et il paraît que certains ont des filles de son âge…

— Laisse mon grand fils se gérer. Il va au Chili avec son copain Ethan et il a une petite amie ici, c'est l'amour fou, une fille bien comme il faut…, conclut-elle avec une pointe d'ironie.

— Maman, je t'adore, mais ce que tu peux être lourde. À ce propos je file la rejoindre, je vous laisse à vos *empanadas* trop cuites et à votre champagne qui fait mal à la tête.

— María Paz, il s'embourgeoise, ton fils. Et se tournant vers lui : Guillermo, je te prépare ton kit de voyage pour Santiago, je le déposerai la semaine prochaine chez vous. Ça te va ? »

Guillermo le remercia, embrassa tout le monde et sauta dans un taxi. Comme souvent, il était déjà très en retard, mais il fut étonné d'être le premier au restaurant. Ce n'est qu'une bonne dizaine de minutes plus tard que parut Diane dans une robe assez sobre et un grand sourire aux lèvres.

« Ça te fait marrer d'être en retard ? dit-il d'un ton bravache comme s'il attendait depuis une heure. Encore heureux qu'ils aient gardé la table. » Diane éclata de rire.

« Tu fais les frais de ma nouvelle stratégie, lui répondit-elle hilare. Partant du principe que tu auras au minimum une demi-heure de retard, je viendrai toujours quarante-cinq minutes plus tard tout en ayant pris soin de prévenir le resto. Comme ça, on devrait s'y retrouver quasiment au même moment. »

Beau joueur, Guillermo se remémorait ses multiples retards et jugea que cela était de bonne guerre. Ils ne venaient pas tant pour le menu que pour passer un moment ensemble. Ils en avaient besoin car ils étaient en plein dans leur préparation d'examens. Guillermo ne voulait pas être trop envahissant et même préférait la quiétude de la bibliothèque à l'appartement de Diane, en dépit de son insistance pour qu'il vienne chez elle. Il savait qu'il s'exposait systématiquement aux questions de son père, qui adorait les apartés. Lui qui avait toujours désiré avoir un garçon, il traitait Guillermo comme un fils par procuration. Lors d'un séjour en Normandie, la discussion avec Charles-Antoine s'était tendue lorsque Guillermo avait évoqué l'appartenance de son père au MIR. On ne pouvait pas taxer le père de Diane de pinochetiste, mais il aimait l'ordre et abhorrait les marxistes. La conversation ne pouvait donc que s'envenimer sur ce point précis. Néanmoins, le fait que Guillermo ait peu connu son père générait de l'empathie chez le haut fonctionnaire, qui montrait par moments une certaine sensibilité.

« Comment était ton vernissage ? demanda Diane. Tu devrais me proposer de venir, j'ai quelquefois l'impression que tu as honte de moi.

— Tu n'as pas loupé grand-chose, très honnêtement, c'était assez moche. Le seul truc sympa, c'était d'être avec maman et tous ses amis chiliens. C'est toujours un peu la même chose. J'ai revu Fabián, qui va me concocter un bon programme de découverte à Santiago. Il voulait même me présenter des filles.

— Quel con ! dit-elle d'un air pincé.

— C'est une blague, j'ai été très clair là-dessus en lui expliquant que je sortais avec une bombe, dotée d'une telle confiance en elle qu'elle ignorait le sentiment de jalousie. Elle sourit, rapprocha son visage du sien et l'embrassa avec beaucoup de sensualité pour estomper dans l'esprit de Guillermo toutes velléités de rencontres santiagoises.

— Tu devrais quand même m'emmener avec toi dans ces événements de la communauté chilienne. Je suis persuadée que cela m'amuserait beaucoup. J'ai souvent le sentiment que tu me caches.

— Tu sais Diane, je n'ai pas honte de toi, c'est même le contraire, exactement le contraire. C'est difficile à admettre, mais dans ces réunions de Chiliens dans lesquelles chacun cultive une espèce de nostalgie, je me sens étranger. C'est toujours une litanie un peu répétitive de souvenirs, des mentions de personnes ou de lieux que je ne connais pas. C'est quelquefois compliqué pour moi de me sentir déconnecté alors que je suis au milieu des miens. C'est pour cette raison que j'attends beaucoup de mon voyage à Santiago, j'aimerais secrètement que cela révèle des choses, que je ressente enfin ma chilenité.

— Je comprends que ce voyage t'excite, mais de là à ressentir ta chilenité, il faudra que tu m'expliques. Guillermo se rendit compte qu'il avait donné un peu trop d'emphase à son propos.

— Ce voyage est aussi l'occasion d'en savoir plus sur mon père. Fabián était là quand il a été arrêté, mais il m'a dit que je rencontrerais d'autres personnes qui ont été en captivité avec lui. Ce sont les dernières personnes qui l'ont vu vivant, ce seront des témoignages précieux », ajouta-t-il avec gravité.

Ce changement de ton eut pour effet de tendre un peu l'atmosphère de la fin du dîner. Diane avait du mal à se projeter et à s'imaginer dans la peau de Guillermo, ce que devait être la vie sans un père, qui plus est torturé à mort. Par chance, la perspective de rejoindre les « copains du 16 », comme les appelait le Chilien, lui remit du baume au cœur. Diane saisit tendrement la main de Guillermo, comme pour lui signifier qu'elle comprenait sa tristesse.

L'ambiance était joyeuse à L'Escurial, ce bar de l'angle du boulevard Raspail et du boulevard Saint-Germain où aimaient à se retrouver les jeunes de bonne famille de la rive gauche, et leurs amis du 16e arrondissement. Autour de la table se trouvait Ethan, accompagné d'une très jolie rousse avec laquelle il sortait depuis un mois. Il avait eu un coup de cœur pour elle mais avait dû s'armer de patience car elle était en couple au moment de leur rencontre. Elle avait rompu depuis, un peu avant les examens de fin d'année, et Ethan avait saisi cette opportunité pour la séduire. Rachel était une passionnée du droit et ce point commun les rassemblait. Ils passaient beaucoup de temps à débattre de propriété littéraire, de responsabilité civile ou de droit des sociétés. Benjamin avait bien accroché avec elle, ce qui comptait pour son frère. Il était également présent, Emma à ses côtés. Se retrouver était toujours joyeux tant ils étaient complémentaires et s'animaient dans des discussions enflammées. Lorsque chacun fut servi, Benjamin voulut porter un toast aux vacances qui débutaient, synonymes de villégiature pour les uns, de stage ou de voyage d'études pour les autres :

« Je porte un toast à Guillermo et à mon petit frère Ethan car ils vont partir faire un voyage initiatique à l'autre bout du monde. Ils vont être des témoins de l'histoire et peut-être assister à la fin d'une dictature.

— *¡Vota NO !* » cria Guillermo en levant son verre.

Santiago

Mercredi 27 juillet 1988

À l'atterrissage, Guillermo ressentit un étrange mélange d'excitation et de peur face au saut dans l'inconnu qu'il entreprenait. Il n'avait pas réussi à trouver le sommeil pendant le vol et n'avait regardé que d'un œil distrait les deux seuls films proposés en classe économique, *Piège de cristal* et *Le Grand Bleu*, qu'il avait déjà vus. Sa tête était ailleurs. Il se revoyait à Santiago, en octobre 1973, quand une personne, dont il ne se rappelait plus le visage, était venue chez eux pour parler à sa mère. Il n'avait rien entendu de la conversation, mais savait qu'elle pleurait, des larmes épaisses devaient couler rapidement sur ce visage aux dents serrées.

« On part pour un grand voyage, Guillermo, il faut que tu me dises ce que tu veux emporter car on doit partir très loin.

— Mais pourquoi partir ? Et Papa ? »

María Paz cherchait le courage de dire la vérité à son fils, après être allée le chercher, elle choisit de lui présenter les choses de façon très rationnelle.

« Guillermo, tu as vu qu'il se passait beaucoup de choses au Chili, tu te souviens des avions qui ont bombardé la ville il y a un mois, et des militaires qui sont partout ? Cette situation n'est pas normale et on ne peut pas vivre dans un pays comme ça. On va aller dans un autre pays, un pays où des cousins sont déjà installés, un pays dans lequel il n'y a pas de militaires et dans lequel il existe une grande liberté. Je suis convaincue que tu vas t'y plaire. Papa ne peut pas partir avec nous, mais il nous rejoindra dès qu'il le pourra.

— Mais on va au Pérou ou en Bolivie puisque c'est très loin ?

— Non chéri, on va au bout du monde, on va essayer de partir en Europe, vivre dans la capitale française, une ville merveilleuse qui s'appelle Paris. »

Guillermo se souvenait assez bien des adieux intenses avec les quelques membres de la famille et des amis passés les jours suivants leur rendre une dernière visite rapide. Puis il y avait eu ce départ, de nuit, en voiture, en direction de l'ambassade de France. Guillermo se souvenait d'avoir eu très chaud, il était caché dans le coffre. Il portait un blouson car sa mère l'avait équipé pour qu'il « survive » dans l'hémisphère nord. C'est

Antoine, un ami français, qui avait tout organisé. Il était en lien avec les services consulaires et avait pris en charge plusieurs exfiltrations de Chiliens vers la France. La première étape consistait à acheminer les candidats au départ dans l'enceinte de la chancellerie ou de la résidence de l'ambassadeur. Beaucoup ne faisaient pas acte de candidature et escaladaient les murs pour passer en territoire français. Là, ils avaient la possibilité de rester quelques jours avant le départ. Ils devaient obtenir des sauf-conduits auprès des instances diplomatiques. Enfin, le transfert en direction de l'aéroport demeurait, en apparence, l'étape la moins risquée car elle se faisait dans un bus loué à l'Alliance française dont les plaques diplomatiques permettaient logiquement d'échapper aux différents points de contrôle tout au long du trajet.

Ceux qui avaient fait le choix de quitter le Chili étaient, pour la plupart, accompagnés par l'un des diplomates français, qui surveillait l'enregistrement et suivait ensuite des yeux les candidats au départ parcourant les derniers mètres qui les séparaient de leur avion. Cette courte distance était critique car les Chiliens ne se trouvaient plus sous la protection de la France mais dans une espèce de *no man's land* international où ils risquaient à tout moment d'être arrêtés. Guillermo se souvenait de l'explosion de joie une fois la porte de l'appareil fermée, tous ses compatriotes hurlaient

« *¡Viva Chile mierda !* » quand d'autres chantaient à la gloire d'Allende. Les heures suivantes avaient été cependant silencieuses. L'excitation avait laissé la place au relâchement et une grande majorité des passagers s'était endormie. Cela avait été le premier voyage en avion de Guillermo. Il se rappelait avoir mal dormi, le sentiment d'écrasement au moment du décollage et la nourriture infecte servie à bord. Seule la gentillesse des hôtesses, qu'il avait prises pour des militaires en uniforme, l'avait apaisée. Il se souvenait du survol de la Cordillère, qui l'avait ébloui, celui-là même qu'il venait d'effectuer quinze ans plus tard, dans le sens inverse, en hiver de surcroît, avec tous ces sommets à plus de six mille mètres d'altitude et recouverts de neige.

L'aéroport de Santiago n'avait plus grand-chose à voir avec celui qu'il avait en mémoire. Tout avait été modernisé et on ne sentait pas la présence pesante des militaires. Il y avait bien eu une moue désagréable du policier qui vérifiait passeports et visas, mais elle ne tira pas à conséquence. Dès sa descente de l'avion, Guillermo avait immédiatement été frappé par l'intensité de la lumière, le ciel d'un bleu profond sans aucun nuage. Il avait dû sortir ses Ray-Ban tant la réverbération était forte. « Non mais tu as vu cette lumière, c'est vraiment autre chose que ce que l'on a en Europe, et ce ciel… » Ethan le coupa net en lui demandant de se calmer au motif qu'il y avait le même ciel bleu à Tel-Aviv.

Dans la zone d'arrivée, c'est un vrai comité d'accueil qui attendait les voyageurs. Il y avait là Loreto Alvarez Vicuña, une cousine de María Paz, et sa fille Alejandra ; Javier et Hernan étaient également là, les deux vieux amis prévenus par Fabián de l'arrivée du fils de José Luis. Le contraste était assez saisissant : deux belles femmes, purs produits de la *clase alta* chilienne, habillées de façon élégante, dont on sentait qu'elles s'étaient apprêtées pour accueillir ce cousin du bout du monde. À côté d'elles, les amis de son père, d'ex-révolutionnaires, beaucoup plus décontractés, en veste en jean et blouson de cuir. Ethan avait été briefé par Guillermo sur cette cousine qui allait les accueillir. Elle était restée en contact avec María Paz, en dépit de son choix de vie qu'elle jugeait « alternatif » et surtout de son exil, qui avait étonné sa famille. Ils avaient découvert à cette occasion la forte compromission de José Luis avec le MIR et la cassure irrémédiable entre eux et María Paz. Loreto avait plusieurs fois tenté de convaincre sa cousine de rentrer au Chili. Elle avait été particulièrement choquée qu'elle ne fasse pas le voyage pour les obsèques de ses parents, tués dans un accident de la route au sud de Valparaíso, trois ans auparavant, elle, la fille unique… Elle avait fini par comprendre qu'après la mort de José Luis elle avait coupé définitivement le lien avec son pays natal après avoir coupé celui qui la reliait à sa famille. Loreto était venue deux fois à Paris pour accompagner son mari, un entrepreneur qui avait connu une certaine réussite dans le négoce du vin, et avait donc vu sa cousine. C'est tout naturellement qu'elle avait accepté de loger les étudiants dans sa spacieuse maison de Las Condes[19] quand María Paz lui en avait fait la demande. Cette dernière aurait sans doute trouvé plus naturel que son fils aille chez des amis de son père mais, n'ayant plus vraiment de repères, elle avait pensé que dans le contexte chilien qu'elle ne maîtrisait pas, vivre dans les beaux quartiers chez des gens de droite était un gage de sécurité pour son fils.

Les embrassades furent longues. Ethan, pudique, restait en retrait, mais les allures de retour du fils prodigue qui flottait autour de son ami avaient quelque chose de touchant. Javier et Hernan rivalisaient de tapes viriles dans le dos, ils avaient les yeux humides. Rendez-vous fut pris deux jours plus tard pour boire une bière afin de leur laisser le temps de s'installer et prendre leurs marques. Ils chargèrent les valises des voyageurs dans le coffre arrière de la puissante berline de Loreto et saluèrent la mère et la fille. « Vous n'êtes pas trop épuisés par le voyage ? Ce vol n'en finit pas et quand on pense être arrivé, ça n'est que l'escale à Buenos Aires… On est vraiment au bout du monde. Enfin, quel plaisir de vous avoir. Et vous, Ethan, c'est votre premier séjour en Amérique du Sud ? » Loreto était de nature

19. Commune majoritairement résidentielle de la banlieue de Santiago.

bavarde et avait décidé de faire la conversation pour que ses hôtes se sentent bien accueillis. Son seul défaut était de ne pas avoir la patience pour les réponses aux questions qu'elle avait posées. Elle reprit : « Ils ont l'air sympa, les copains de ton père, c'est vraiment gentil à eux d'être venus. Comment va ta mère ? Jusqu'au dernier moment j'ai cru qu'elle allait craquer et venir avec vous au Chili. J'ai malheureusement l'impression que ce sera impossible de la faire rentrer un jour dans son pays. En tout cas, vous serez bien à la maison, chacun sa chambre. Ton cousin Juan Carlos est à Miami, il y a un échange avec la Católica[20] pendant six mois. »

Guillermo n'écoutait plus sa tante, tout juste acquiesçait-il de temps à autre et laissait la parole à Ethan, qui faisait la conversation en garçon bien élevé. Ses pensées étaient ailleurs. Il regardait à travers la vitre arrière. En empruntant l'*avenida* Américo-Vespucio, qui reliait l'aéroport au centre de la capitale chilienne, il retrouvait des bribes de souvenirs mais surtout des impressions, des images furtives conservées dans sa rétine ou mémorisées dans un coin de son cerveau. Il y avait ces vendeurs de primeurs sur les accotements, des intrépides qui traversaient la voie rapide à pied, des carrioles tirées par des chevaux, le tout faisait

20. De son nom complet Pontificia Universidad Católica (l'université pontificale catholique du Chili), un établissement d'études supérieures prestigieux de Santiago.

régner une désorganisation latine, mais sans l'aspect pittoresque que ces saynètes auraient en Bolivie ou au Pérou. Dans la région métropolitaine, on sentait que les choses étaient tenues. D'ailleurs, les *carabineros* étaient régulièrement déployés aux intersections comme pour attester leur présence.

Le jeune Chilien avait six ans lorsqu'il avait quitté Santiago, mais il se souvenait de la route qui menait à l'aéroport car c'était l'une des voies pour sortir de la ville en direction de l'ouest. Il se rappelait le passage devant la centrale thermique de Renca, les bidonvilles de la commune, le passage du tunnel et l'arrivée à Providencia, le long du fleuve Mapocho. Il ne connaissait en revanche pas bien la commune de Las Condes.

Sa tante avait poursuivi son monologue pendant tout le trajet, elle était passée au français pour qu'Ethan puisse suivre la conversation, bien que son niveau d'espagnol ne lui permette pas de saisir les nuances indispensables. Il n'était pas très attentif car il regardait du coin de l'œil la cousine Alejandra, aussi mutique que ravissante. Les grilles de la maison s'ouvrirent à l'arrivée de la voiture. Devant la porte d'entrée donnant sur le jardin, la femme de chambre en tablier blanc attendait, droite comme un soldat au garde-à-vous. Une espèce de majordome accourut pour sortir les valises du coffre dès que la voiture se fut immobilisée sur le gravier. « ¡Voilà, on est arrivés, *bienvenidos* à Isidora Goyenechea 3144 !

Je suis confuse car la maison n'a pas de nom, mais au moins vous connaissez l'adresse. »

La maison sans nom était très vaste. Son toit de tuiles ocre et ses murs qui tiraient sur le jaune faisaient un peu penser aux villas que l'on trouve en Provence. Les volets de bois marron auraient sans doute mérité d'être moins foncés, mais l'ensemble avait du charme. La pelouse tondue comme un green et les massifs d'hortensias taillés au cordeau donnaient du style à l'ensemble. En arrière-plan, on devinait le bleu de la piscine qui se reflétait sur les tissus des parasols blancs. Tout cela avait beaucoup d'allure. En revanche, l'intérieur était un peu rustique avec ces murs de crépi blanc et ces lourdes portes en bois parées d'encadrements épais. Le salon était garni de fauteuils clubs disposés autour d'une table basse contemporaine en plexiglas. Loreto invita ses hôtes à se laver les mains pendant que leurs bagages étaient montés dans leur chambre respective. Guillermo était installé dans celle de Juan Carlos, et Ethan dans celle réservée aux invités. De sa fenêtre, il pouvait voir les sommets enneigés de la Cordillère. « Les garçons, installez-vous, prenez le temps de souffler un peu et de vous doucher. On prendra l'apéritif à dix-neuf heures et ma *nana* péruvienne va vous préparer le meilleur *pisco sour* que vous n'ayez jamais goûté. » Ethan, rasé de près et sentant bon *Habit rouge*, passa dans la chambre où était installé son ami. Celui-ci l'accueillit sa serviette encore autour de la taille.

« Tu n'es toujours pas prêt ? Ce n'est pas très respectueux à l'égard de ta tante, qui se met en quatre pour nous.

— Détends-toi, mon gars, ici on est en Amérique du Sud, si on te dit dix-neuf heures et que tu te pointes une à deux heures plus tard, personne ne va-t'en tenir rigueur. Alors, tes premières impressions, ça te fait quoi d'être chez les Indiens ? »

Ethan ne savait pas à quoi s'attendre et allait de surprise en surprise. Le développement de la capitale chilienne l'avait beaucoup impressionné, pour ce qu'il en avait vu. Les rues étaient propres, il n'y avait pas de grouillement désordonné comme il se l'imaginait. À Las Condes, les gens qu'il avait croisés étaient de type européen. Bref, on était loin de l'image d'Épinal qu'il se faisait de la région andine, qui tenait de Tintin et des *Sept Boules de cristal.* Enfin, il ne pensait pas que la tante de Guillermo avait un tel niveau de vie, et que sa fille était aussi « bombesque », selon ses propres mots.

Au deuxième *pisco sour*, tout le monde était très détendu. Alejandra avait oublié sa timidité pour abreuver de questions les Français, qui lui racontaient Paris, le type de musique qu'ils écoutaient, les films qu'ils avaient vus. Ethan était subjugué par sa peau cuivrée, ses longs cheveux noirs et son regard profond. La communication était fluide, ils s'appréciaient mutuellement.

Loreto annonça l'arrivée de Juan Carlos, provoquant l'incrédulité de Guillermo, qui le pensait à Miami. Sa tante éclata de rire. « Juan Carlos est mon mari, pas mon fils. Au Chili, les garçons aînés ont quasiment toujours le même prénom que leur père, donc pour ne pas créer de confusion on leur adjoint un *hijo* ou *papa*, en l'occurrence, il s'agit de Juan Carlos *papa*. » Guillermo était assez intéressé de rencontrer cet oncle, au parcours prestigieux, passé par The Grange School, la Católica et Harvard, un pur produit de l'élite chilienne, que sa mère considérait comme un « connard prétentieux », comme nombre de gens de droite. Juan Carlos n'avait pas beaucoup d'allure dans son costume mal coupé et ses chaussures bon marché, mais il arborait un visage sympathique et bonhomme derrière la grosse monture en écailles de ses lunettes. Arborant des cheveux blancs, il faisait sans doute bien plus vieux que son âge, il était aussi plus petit que sa femme d'une dizaine de centimètres – elle évitait donc les talons hauts. Loreto l'embrassa tendrement à son arrivée.

« Je suis ravi de faire votre connaissance, les gars. »

Ethan était rassuré, Juan Carlos parlait français.

« Pour le retour de Guillermo, je veux que tout se passe bien et que vous ayez tous les deux une bonne image du Chili. Vous pouvez compter sur moi si vous avez besoin de quoi que ce soit. J'ai des contacts qui peuvent vous aider dans vos recherches, notamment certaines personnes qui sont actives dans la campagne pour le référendum. Ça pourrait être intéressant. »

Très tôt, Juan Carlos avait compris que la situation particulière du Chili, coincé entre la cordillère des Andes et l'océan Pacifique, pouvait être un eldorado pour les activités vinicoles. Les conditions climatiques variées et la richesse des sols favorisaient une diversité des terroirs sans égal. Visionnaire, il avait investi dans la filière en intégrant toutes les activités de façon verticale. Il faisait à la fois du conseil pour les grands vignobles, importait des fûts de *roble francés*[21] pour le vieillissement des vins, et avait acquis une forêt de chênes-lièges pour fabriquer lui-même des bouchons. Il était ainsi devenu incontournable pour qui souhaitait produire du vin au Chili. Il se targuait même d'avoir été contacté par la famille Rothschild, intéressée par des investissements dans le pays. Il pensait les avoir convaincus en les emmenant dans la vallée du Maipo, mais la décision était toujours en suspens. Homme d'affaires et voyageur, Juan Carlos était ouvert sur le monde alors que tant d'autres s'étaient comme recroquevillés à l'intérieur des frontières chiliennes, notamment à cause

21. « Chêne français ».

de la dictature. C'est pourquoi il était ravi d'accueillir des étrangers lorsque sa femme avait évoqué le projet. Il se révélait un hôte très prévenant. Il avait allumé le barbecue : les belles pièces de bœuf et les ris de veau avaient été disposés sur une immense planche en bois brut. Tout cela avait été préparé en cuisine. La viande, d'un rouge sublime, avait été dénervée et débarrassée de sa graisse superflue. À première vue, la quantité de nourriture excédait très largement ce que pouvait décemment ingérer un groupe de cinq personnes.

Guillermo savait la propension des Sud-Américains à voir les choses en grand lorsqu'il s'agissait de se restaurer. Il voulut piéger Ethan et lui glissa de manière discrète : « Il faut que je te prévienne, il est très mal élevé de ne pas finir son assiette quand on est invité à un *asado*[22]. Je compte sur toi pour t'enfiler un kilo et demi de barbaque. » Ethan pensait avec un certain écœurement à l'*empanada* et au *choripán*[23], déjà dévorés avant le dîner. Par chance, la viande venait d'être posée sur les braises, ce qui lui laissait un peu de répit. Juan Carlos déboucha une bouteille de vin sans étiquette, sortit trois verres et demanda à Guillermo et Ethan de le rejoindre. Il leur tendit un verre à chacun : « Messieurs, vous allez me montrer vos talents de sommelier et deviner ce qu'il y a dans ce verre. » Guillermo répondit qu'il avait

22. Un « barbecue », en Argentine, en Uruguay et au Chili.
23. Version chilienne du hot-dog.

du mal à trouver une différence entre un haut-médoc et un riesling, ce qui eut pour conséquence l'hilarité des deux autres et de désigner Ethan comme celui qui allait relever le gant. Il prenait ça très au sérieux et fit tourner le verre à pied entre ses doigts, jusqu'à ce que le liquide rubis se stabilise.

« Il a une belle robe, foncée et intense. » Il porta le verre à son nez puis à sa bouche, prenant son rôle très au sérieux. Il se sentait représenter la France, rien de moins. « Je pense que c'est un pinot noir, les tannins sont affirmés et au nez on perçoit les notes épicées.

— Vous êtes un vrai connaisseur. Bravo. Mais vous devez m'en dire plus.

— C'est là que les choses se compliquent. Ce doit être un bourgogne, peut être un gevrey-chambertin…, déclara Ethan, fier de son petit effet.

— Vous êtes complètement à côté de la plaque, c'est un vin issu du domaine de Santa Rita, qui est à quarante kilomètres d'ici. Je voulais vous convaincre de la qualité des vins chiliens, c'est réussi ! »

Ils partirent dans un éclat de rire général. Cette première journée à Santiago avait tenu toutes ses promesses.

Santiago

Jeudi 20 septembre 1973

Depuis une dizaine de jours, le petit groupe de Pudahuel n'avait pas chômé. José Luis et Fabián avaient essayé d'obtenir des informations de toutes parts pour savoir ce que devenaient les uns et les autres. Beaucoup de camarades avaient été arrêtés. Il se racontait des horreurs sur les méthodes de la DINA, qui avait élevé la torture au rang d'art. Les différentes prisons étant surpeuplées, la junte avait décidé de transformer le Stade national en centre de détention, formule sibylline pour cacher une réalité beaucoup plus sombre. Il était assez incroyable d'imaginer ce lieu de football comme une prison à ciel ouvert dans laquelle les spectateurs et supporters auraient été remplacés par des prisonniers politiques, parqués dans les tribunes dans l'attente de savoir ce qui allait leur arriver, tandis qu'il émanait régulièrement des entrailles du complexe (qui abritaient vestiaires et bureaux) des hurlements.

Par un improbable concours de circonstances, Javier avait été libéré au bout de quatre jours, le 15 septembre. Il avait été tabassé, interrogé à plusieurs reprises, mais avait tenu sans rien dire et les militaires n'avaient rien trouvé qui justifie de le placer en détention. Javier avait fait l'objet d'une dénonciation, mais le précieux informateur avait perdu une grande partie de sa crédibilité en agissant en pure malveillance : il avait donné le nom de Javier à la suite d'un différend entre les deux hommes remontant à quelques années, de même que le nom d'un voisin avec qui il ne s'entendait pas. Bref, il avait incriminé en vrac des « dangereux gauchistes », mais les faits n'étaient pas avérés.

Javier avait gardé les stigmates de son séjour au Stade national – une côte fêlée et l'arcade gauche abîmée – ainsi qu'un trauma psychologique de ce dont il avait été le témoin. Cette foule de gens rassemblée sans qu'on les informe de la raison de leur présence en ces murs étranges, les militaires qui venaient les chercher au compte-goutte et le fait que personne ne réapparaisse jamais. Les cris provenant du sous-sol, les conditions de détention insalubres allaient le marquer à jamais. Dans cette succession irréelle d'événements, il avait croisé Victor Jara, un chanteur engagé, adulé de nombreux Chiliens. Jara était connu pour ses sympathies communistes et ses textes puissants, mais il paraissait improbable qu'une telle icône se retrouve pêle-mêle au milieu de détenus. Celui que l'on allait admirer en concert, que l'on écoutait à la radio et dont on achetait les cassettes en était réduit au statut de simple justiciable. Peu importe, Javier avait pu échanger quelques mots avec lui, il l'avait trouvé souriant. Le jour de son départ il avait voulu le voir de nouveau, mais on lui avait dit que le chanteur n'était pas réapparu. Il apprit plus tard que Victor Jara avait été exécuté le 16 septembre. Cela en fit une icône, symbole de l'innocence, de la liberté contre l'oppression. Chanter ses chansons a, par la suite, été le signe d'une résistance passive et ses disques se sont vendus sous le manteau pendant quelques années.

En sortant du centre de détention, Javier était dans un état paradoxal : s'il recouvrait la liberté, c'était pour se confronter au nouveau monde post-coup d'État, dans lequel il ne pouvait pas se sentir complètement libre. Il imaginait bien qu'il allait être suivi de très près par les agents de la DINA. Sa relaxe, faute de preuve, pouvait potentiellement être une opportunité pour appréhender ceux qui ne manqueraient pas de rentrer en contact avec lui. En garçon prudent, il se contenta de retourner dans son appartement et se rendit chez des cousins pour le dîner. Il tenait néanmoins à contacter ses amis, mais il ne pouvait le faire directement. C'est l'un de ses neveux qui passa au magasin du Gordo pour lui communiquer la bonne nouvelle. *La Ferretería* était devenue le seul centre d'information à la foi fiable et discret. La nouvelle avait circulé rapidement et le groupe de Pudahuel avait été mis au courant. C'était un mélange d'immense joie et de grande frustration car les amis se trouvaient dans l'impossibilité de se revoir pour des raisons évidentes de sécurité. La question se posait aussi pour eux de savoir s'ils pouvaient continuer à vivre plus longtemps dans les entrepôts Irrarazabal. Même si la cache offrait des garanties, la présence de plusieurs personnes dans le bureau, les allées et venues pouvaient générer des questions. Hernan, qui estimait avoir beaucoup fait pour son cousin et ses amis, commençait à expliquer à demi-mot qu'ils ne pourraient tous rester éternellement à Pudahuel. Deux jours plus tard fut actée la décision de se délocaliser. José Luis et Fabián iraient habiter dans une maison de Puente Alto[24].

José Luis avait été informé que María Paz et Guillermo avaient trouvé refuge à l'ambassade de France, il leur avait fait parvenir une lettre pour leur dire tout le bien qu'il pensait de cette décision et leur souhaitait de pouvoir s'envoler le plus vite possible pour Paris. Il leur promettait – mais en pensait-il seulement un mot – qu'il les rejoindrait dès que possible. María Paz avait bien évidemment enjolivé les choses pour que Guillermo sente que son père l'aimait et qu'il lui manquait, mais

24. Une commune à vingt kilomètres au sud de Santiago.

elle savait au fond d'elle que ses idéaux révolutionnaires surpassaient tout. Son moteur, c'était la lutte et il acceptait qu'elle fît des victimes collatérales, fussent-elles une femme qu'il avait aimée et le fruit de leur union.

À la faveur d'un passage chez Gordo, Hernan avait pris connaissance d'une information particulièrement importante provenant de Javier. S'il avait détruit tous les documents pouvant incriminer des proches du mouvement, il avait fait preuve d'anticipation et d'autres documents avaient été répartis avant le *golpe*. Il avait notamment fait cadeau à une amie d'un livre de cuisine, sachant pertinemment qu'elle ne l'ouvrirait jamais, n'ayant jamais eu d'ambition dans ce domaine. Elle l'avait prestement rangé dans sa bibliothèque sans savoir que son ami y avait dissimulé des feuilles contenant des listes de noms et des adresses de militants et sympathisants. Il était donc urgent de récupérer les précieux écrits. C'est José Luis et Fabián qui s'en chargeraient car Javier ne voulait pas prendre le risque de la voir pour l'instant. Ils décidèrent de faire cela rapidement pour protéger leur réseau. C'était l'affaire d'un aller-retour à moto à Maipú, zone tranquille à moins de quinze minutes, ils feraient cela avant le couvre-feu[25]. Comme toujours, José Luis était armé. Il piloterait le bolide et attendrait Fabián, tout moteur ronflant pendant que celui-ci irait

25. Le couvre-feu était alors à dix-huit heures. Pendant l'hiver austral, le jour est tombé à cette heure.

récupérer le livre, en sortirait les précieux écrits et les brûlerait.

José Luis se gara devant le petit immeuble de deux étages en béton peint en blanc avec cette architecture sobre et symétrique des années 1950. Il vit Fabián entrer dans l'immeuble, sonner à l'une des portes du rez-de-chaussée. Une lumière s'alluma dans l'appartement où l'accueillit une petite brune. En regardant la seconde fenêtre sur rue, il perçut la lumière rougeoyante de ce qui devait être des petites flammes du papier que l'on brûlait. En cinq minutes, il était remonté à l'arrière de la moto et José Luis pouvait mettre les gaz en direction de Pudahuel avec le sentiment du devoir accompli.

Au bout d'une ligne droite avant un croisement, sans doute un peu grisé par l'enchaînement positif des événements, José Luis avait dû freiner brusquement car il roulait à une vitesse excessive. Un groupe de cinq soldats lui fit signe de s'arrêter. Fabián lui intima d'opérer un demi-tour car ils ne pouvaient prendre le risque d'un contrôle qui les enverrait en détention. Les militaires leur faisaient face à une vingtaine de mètres, l'un d'eux les tenait en joue, José Luis hésitait entre foncer dans le tas ou rebrousser chemin comme Fabián l'y invitait. C'est la seconde option qu'il choisit en une fraction de seconde. Il avait le pied gauche posé au sol et fit pivoter la moto en accélérant. Le poids additionnel rendit la manœuvre moins fluide que s'il avait été seul. Le frottement de la gomme du pneu arrière généra une fumée grise et une forte odeur de caoutchouc brûlé. Le temps de donner son coup de guidon, José Luis ressentit une douleur insoutenable dans le haut du bras. Une balle avait traversé le quadriceps gauche. Il tenta de maintenir tant bien que mal la moto en ligne droite tout en freinant mais ne parvenait plus à tenir la poignée gauche à cause de la douleur. L'engin se pencha vers la droite, Fabián fut éjecté le premier, José Luis deux secondes plus tard, alors que la machine glissait sur le flanc, laissant apparaître des étincelles. Fabián s'était réfugié entre deux voitures. Par chance, il était tombé en roulé-boulé jusqu'à cogner le pneu d'un véhicule garé le long du trottoir. Il avait rapidement pu se mettre à couvert. José Luis, quant à lui, était allongé sur le côté et essayait de se tracter sur la chaussée avec le bras droit, le gauche saignant abondamment. La moto, désormais couchée, avait fini sa course contre une camionnette un peu plus loin, le moteur tournait encore. Une seconde balle était passée tout proche du genou droit, mais elle avait ricoché. Les soldats se déplaçaient maintenant dans sa direction. José Luis n'avait plus beaucoup d'options. Il était presque immobilisé avec une blessure qui réclamait des soins urgents. Il souffrait. Il n'avait pas fait usage de son arme mais n'était pas en situation de faire feu avec son Colt 45, il serait forcément abattu. Proche de lui, Fabián, heureusement indemne, n'avait plus qu'une seule issue : courir en direction de la moto, la relever et repartir en trombe. C'était évidemment risqué, mais au moins l'un d'entre eux pourrait s'en sortir. Fabián progressait à quatre pattes sur le trottoir d'en face, camouflé par plusieurs véhicules. Leurs assaillants progressaient désormais lentement dans la rue. Arrivé à la hauteur de José Luis, qu'il pouvait désormais voir entre deux voitures, il constata avec effroi que les soldats le tenaient en joue tout en lui hurlant de mettre ses mains sur sa tête. Ils restaient à bonne distance pour ne pas prendre le risque de subir une éventuelle riposte des deux fuyards, qui pouvaient être armés. José Luis se saisit lentement de son pistolet dans son jean – il était au sol, sur le dos, si bien qu'on ne pouvait voir ce qu'il faisait – et s'adressa à Fabián : « *Compadre*, c'est foutu pour moi mais tu as une chance de t'en tirer. Je vais te balancer le Colt en le faisant glisser sur le sol. Tu le récupères. Tu fonces jusqu'à la moto et quand ces enculés seront sur moi, je ferai diversion pour te donner les quelques secondes dont tu auras besoin pour te barrer. Tu peux tirer dans le tas. Je ne sais pas quand on se reverra. » Il fit glisser l'arme jusqu'à Fabián. Ce dernier était tétanisé à l'idée d'abandonner celui dont il était si proche, mais il savait que la situation devait être analysée de la façon la plus froide possible sans sensiblerie. Il était question de survie.

« Bonne chance José Luis, on viendra te chercher avec les gars. Tiens bon, *hasta la victoria* ! »

Les militaires renouvelèrent leur sommation. José Luis répondit :

« Je suis blessé, je vais me relever doucement et mettre mes mains sur la tête. Mais je ne peux pas bouger le bras gauche.

— Relève-toi salopard, doucement, que l'on voie tes mains, si tu bouges, on tire. Où est ton pote ?

— Entre les bagnoles, je crois qu'il est mort. »

Fabián n'était maintenant plus qu'à un mètre de la moto, il pouvait l'atteindre en se faufilant rapidement entre une Chevrolet et une Ford en stationnement, tout allait être question de timing. José Luis était quant à lui assis, la main droite sur la tête, le bras gauche à l'horizontal, le lever plus haut lui était impossible. Il commençait à pivoter lentement en plantant ses talons dans le sol pour faire face aux soldats, distants d'une dizaine de mètres. Ils avaient maintenant l'assurance qu'il était inoffensif. Le sous-officier intima à l'un de ses subalternes de remonter la file des voitures garées sur le côté afin de trouver le second homme. José Luis ne pouvait pas se retourner, mais il entendit dans son dos le bruit caractéristique que faisait sa moto en accélérant. Tout alla très vite. L'officier vociféra, rien n'y fit : le temps d'épauler et de tirer, Fabián était hors d'atteinte. Son camarade se relâcha alors complètement et ferma les yeux. Il imaginait la moto roulant dans la nuit. Il entendait les cris des soldats. Il reçut un coup de crosse qui le laissa inconscient.

À son réveil, il était dans une pièce exiguë, couché, les pieds entravés et les mains attachées à la tête d'un lit. Son bras gauche avait été enroulé dans des bandages et l'hémorragie stoppée. On lui avait donc administré des soins d'urgence, mais il n'en avait pas le souvenir, tout juste se rappelait-il son transfert en voiture. Les volets étaient fermés, mais la lumière filtrait à travers des persiennes. Il y avait du parquet au sol. Il lui sembla que les bruits de la ville étaient loin, il devait donc être dans un quartier résidentiel, voire à la campagne dans une maison plutôt cossue. Il entendait des voix et des bruits de pas émanant du couloir. La porte s'ouvrit et apparurent deux individus, l'un était trapu et très typé chilien avec un visage carré, des cheveux de jais, l'autre était beaucoup plus grand avec les cheveux poivre et sel coupés court, les yeux très bleus. Son visage était assez creusé et ridé. Il devait avoir la cinquantaine. Il s'adressa à José Luis avec un timbre narquois : « Quel honneur d'avoir ici don José Luis Inostroza, une vermine du MIR, victime d'un bête accident de moto… Ce doit être frustrant, on veut faire la révolution, changer le monde et on se ramasse comme une merde pour un problème de tenue de route. Tu connais un paquet de monde et tu vas nous aider à trouver tous tes petits copains. Crois-moi, on ne va pas perdre notre temps.

— Où suis-je ? Et qui êtes-vous ?

— Tu es à Peñalolén, le centre de la DINA.

— Vous avez un accent allemand.

— Très bonne oreille, je suis d'origine allemande mais Chilien de cœur. Je pense néanmoins que nous allons cesser cette discussion sympathique puisque je sais très bien qui tu es, pas besoin de te présenter. »

Son subalterne lui tendit une feuille tapée à la machine. José Luis essayait de garder une certaine contenance, mais il savait que ce qui allait arriver exigeait qu'il puise au fond de lui-même toutes les forces dont il pouvait disposer. Cristián Sanchez jeta un œil sur le document et reprit.

« Donc, Inostroza, tu as le parcours parfait du marxiste chilien, militant jeune, cadre du MIR, sans doute actif l'année dernière contre Patria y Libertad et certainement soutien d'Allende de la première heure. Je suis très intéressé pour que tu m'aides à mettre la main sur Fabián Ramirez et Javier Olmedo. Tu auras du mal à me dire que tu ne les connais pas et je serais étonné que l'un des deux n'ait pas fait partie de ta petite virée à moto. Ensuite, je veux savoir où tu crèches depuis le 11, sachant qu'il n'y a plus personne chez toi. »

José Luis, sûr de lui, répondit calmement qu'il ne comprenait pas les raisons de son arrestation et encore moins les conditions étranges de sa détention dans un lieu secret plutôt que dans un commissariat ou une caserne. Il requérait la présence d'un avocat pour l'assister. Sanchez lui jeta un regard menaçant qui signifiait que sa patience était extrêmement limitée et qu'il n'allait pas tolérer les provocations du détenu. « Inostroza, le but de ton séjour ici est qu'il soit le plus rapide et le moins pénible possible, donc tu vas te montrer coopératif, tu n'as pas vraiment le choix. Je n'ai peut-être pas été assez clair, mais je veux Ramirez et Olmedo. Dis-moi où je peux les trouver. »

Sanchez se rapprocha de José Luis, en le surplombant il accentuait l'impression de vulnérabilité de son prisonnier, physiquement atteint et complètement entravé. Sanchez resta immobile une longue minute. José Luis le regardait fixement. Il percevait au loin des hurlements qui déchiraient le silence. Il entendait aussi des cris de geôliers, des coups sourds. Les sons étaient diffus et semblaient émaner de tout le bâtiment, on torturait à tout va et à tous les étages. Il était un peu perdu dans ses pensées lorsqu'il ressentit une douleur intense au niveau du bras gauche. Sanchez, le poing fermé, appuyait de toutes ses forces sur la plaie, la douleur n'était pas supportable. José Luis émit un râle d'animal blessé. Son visage était complètement contracté, tout le bras était irradié. Sanchez relâcha la pression. « Tu vois, Inostroza, il ne tient qu'à toi de nous raconter les choses qui nous intéressent. Fais un effort, dans ton état, je doute de ta capacité de résistance. Tu as la nuit pour penser à tout ça, on se voit demain. On va te détacher les mains, en revanche, si tu veux te détacher les pieds, le moyen le plus sûr est de te scier les os au-dessus de la cheville, mais tu n'as pas de scie. Repose-toi bien, la journée de demain sera chargée. » Sanchez quitta la pièce, suivi de son subalterne, resté silencieux.

José Luis reprenait son souffle. Il souffrait d'autant plus que la douleur au bras avait été ravivée. Néanmoins il essayait de réfléchir à la situation. Il savait qu'il était aux mains de ceux qui pourraient être ses bourreaux. Lui qui avait toujours été protégé par sa bonne étoile se sentait tout à coup abandonné. Depuis une semaine, certains camarades avaient été arrêtés, torturés. De nombreuses familles étaient sans nouvelles de leurs proches. D'autres avaient été informées du décès à travers des travestissements de la réalité. Il était prouvé qu'ils étaient morts des suites de tortures, mais les choses étaient présentées de façon à blanchir le régime et à jeter un voile pudique sur des crimes et des atteintes avérées aux droits de l'homme. On expliquait, par exemple, qu'un détenu avait été abattu après avoir récupéré une arme, la légitime défense était alors brandie… On laissait entendre qu'une personne avait été victime d'une crise de démence et s'était jetée par la fenêtre. José Luis savait que la probabilité qu'il sorte vivant de cette pièce était quasi nulle. En revanche, il savait qu'il ne parlerait pas, qu'il ne donnerait pas un seul nom. Sa victoire, c'était de savoir que Javier était sain et sauf et que María Paz et Guillermo auraient sans doute la chance de quitter le pays. Il profitait de ce moment de calme pour revoir quelques images fortes de sa vie. Il repensait à son enfance heureuse, à ses premiers pas de militant, à tous ces camarades avec lesquels il avait passé de si bons moments. Il repensait à la liesse immense le jour de l'élection d'Allende à la présidence, au sentiment d'avoir participé à quelque chose d'historique. Et puis réapparut sa rencontre avec María Paz, il l'avait tant aimée mais avait fui ses responsabilités en se révélant incapable d'assumer son rôle de mari. À tout prendre, il s'était épanoui en tant qu'amant, mais le reste ne lui avait pas paru forcément cadrer avec ses ambitions politiques et activistes. C'est ici, dans cette pièce vide, allongé sur un lit inconfortable, le bras endolori, où le silence de la campagne était brisé de temps à autre par des gémissements voire des hurlements qu'il mettait sa vie en perspective. Que resterait-il de lui s'il venait à mourir dans les prochains jours ? Le choix de cette vie lui avait-il permis de s'accomplir en tant qu'homme ? Qu'en aurait-il été s'il s'était contenté d'être un bon professeur, aimé de ses élèves, qu'il était rentré tous les soirs chez lui pour jouer un peu avec son fils avant d'aller le border, de dîner avec sa femme, de lui parler, de partager une lecture, un film ? Cette vie de famille par trop classique et caricaturale à ses yeux aurait sans doute conduit à une autre issue. Épuisé nerveusement, il s'endormit en faisant abstraction de l'univers qui l'entourait avec un sentiment amer de nostalgie, mais il se disait que cette nuit était peut-être un petit bonus que lui offrait la vie. Il dormit d'une traite, tout juste se réveilla-t-il en sursaut vers trois heures moins le quart, le silence avait été brisé par deux détonations rapprochées. La dictature avait fait deux nouvelles victimes.

C'est l'ouverture violente de la porte qui le réveilla. Il était sept heures. Oscar Oyarno, le subalterne de Sanchez mutique la veille, n'avait pas retrouvé la parole. Il libéra les membres de José Luis et lui intima l'ordre de se lever. Il ne répondit pas aux questions de ce dernier, qui voulait savoir s'il lui était donné la possibilité de contacter quelqu'un ou de joindre un avocat. Il le prit par le bras et l'emmena dans le couloir. Devant la porte, un militaire en treillis vert bouteille était en faction. José Luis percevait des bruits émanant des différentes pièces qu'il longeait. Il en déduit que certaines personnes étaient gardées à l'étage, mais ce n'était pas là qu'avaient lieu les exactions, qui semblaient venir des entrailles du bâtiment. José Luis se rendit compte qu'il n'avait pas changé de vêtements ni pris de douche depuis vingt-quatre heures. Sa chute à moto avait en partie déchiré son jean en deux endroits, sa chemise était également trouée. Il demanda à se rendre aux toilettes, mais sa requête ne fut pas exaucée. Il descendit un escalier de marbre assez imposant. Le contraste était saisissant entre le confort apparent de cette maison qui, bien qu'inoccupée, avait dû être le témoin de grands dîners de gala, de discussions tardives dans des volutes de cigares. Elle n'était sans doute plus occupée depuis longtemps et la junte en avait fait un centre de détention discret, à l'abri des regards. Il y régnait une ambiance lugubre. En descendant l'escalier, José Luis croisa un homme d'une quarantaine d'années, qui marchait avec difficulté, le dos voûté. Son visage tuméfié et sanguinolent présentait les stigmates d'un interrogatoire musclé. Il ne pouvait pas ouvrir l'œil gauche, boursouflé par les coups, sa lèvre inférieure avait explosé, laissant couler un filet de bave mêlé de sang. Il respirait fort et montait les marches, complètement sonné. Ses mains étaient jointes, maintenues par une corde attachée dans son dos. Dans leur prolongement, les avant-bras portaient les traces de brûlures de cigarettes. Un soldat le tirait par son col de chemise pour le faire avancer. José Luis, qui avait pourtant le cœur bien accroché, était dévasté par ce qu'il voyait : un mort-vivant qui n'aurait sans doute bientôt plus la capacité de résister physiquement à ces traitements. Il aurait voulu croiser son regard, lui envoyer un signal muet mais intense pour lui enjoindre de tenir le coup. L'homme ne regardait que ses pieds, toute tentative de communication était vouée à l'échec.

Au rez-de-chaussée, une porte à double battant s'ouvrait sur une pièce assez vaste dont les portes-fenêtres donnaient sur le jardin. Il y faisait assez clair, au milieu se trouvaient une table de bureau en formica et quatre chaises de structure métallique avec l'assise et le dossier en bois. Ce mobilier que l'on pourrait trouver dans l'étude d'un petit expert-comptable jurait avec le reste du décor et n'avait rien à faire dans cette pièce haute de plafond avec ses moulures et sa cheminée surmontée d'un trumeau. Des cartons remplis de dossiers d'archives jonchaient le sol. Assis dos aux fenêtres, Sanchez, lui, faisait face à José Luis. Il l'invita à s'asseoir. Son geôlier resterait debout à côté. José Luis était frappé par le contraste entre cette pièce bourgeoise, cet agent de la DINA, propre sur lui, rasé de près et la terrible réalité du lieu. Il percevait des effluves d'eau de Cologne qui contrastaient avec l'odeur ambiante. « Alors Inostroza, tu as bien dormi ? J'imagine qu'après toutes ces émotions tu as trouvé le sommeil rapidement et que la nuit t'a permis de repenser à ce que nous nous sommes dit hier. Au cas où tu n'aies pas saisi le sens de mon propos, je vais éclaircir les choses. Notre pays entame actuellement une nouvelle ère. Il est important de pouvoir compter sur tous ceux qui s'inscrivent dans cet ambitieux projet. En revanche, le développement économique et le rétablissement de l'ordre s'accommodent mal de la présence d'ennemis de la nation, de terroristes qui ne sont là que pour détruire l'équilibre de notre pays. Donc, tu vas m'aider à mettre la main sur tous ces fauteurs de troubles. » Il marqua un temps d'arrêt. On sentait qu'il se forçait pour parler de façon claire, cependant quelque chose bouillait en lui. Il se leva de sa chaise, l'air particulièrement déterminé, les yeux fixes. Ses bras faisaient un mouvement de balancier, il serrait et desserrait les poings. Il s'approcha de José Luis et se posta devant lui, le sang faisait battre ses tempes, il avait un faciès très expressif. Il avait l'air d'un fou. Il frappa José Luis à la pommette gauche, au menton puis en rafale. « Dis-moi-où-se-cachent-ces-en-cu-lés de Ra-mi-rez-et-Ol-me-do. » Sa voix était saccadée, rythmée par les coups qu'il portait. José Luis n'avait pas anticipé cette pluie de coups. Il aurait plutôt imaginé une cave humide pour subir ce traitement alors que se faire tabasser dans une vaste pièce baignée de lumière était assez incongru. Oscar Oyarno était proche mais n'intervenait pas. On le sentait presque inquiet de la tournure des événements. Brisant son silence, il finit par lâcher : « Inostroza, tu ne tiendras pas. Tu n'es pas plus fort que les autres, alors balance ce que tu sais. » Comme il avait les mains enserrées par des menottes, José Luis avait tenté d'esquiver les coups, mais ses tentatives pour se pencher sur les côtés ou pour présenter son profil plutôt que de recevoir les impacts en pleine face n'avaient pas eu les résultats escomptés, il souffrait et ce déchaînement de violence l'avait également frappé psychologiquement.

Sanchez demanda à son sbire d'emmener José Luis à la cave. Ce dernier comprit que la situation allait se corser. Sous le grand escalier de marbre se trouvait une porte en bois qui s'ouvrait sur un escalier aux petites marches en pierre menant à une cave voûtée. Là un couloir en terre battue distribuait plusieurs pièces, trois de chaque côté et une au fond. Les murs, blanchis à la chaux, étaient recouverts d'une fine couche de poussière noire. Une partie de la cave servait à entreposer du charbon pour les mois d'hiver. Derrière les portes métalliques fermées, on entendait des coups, des gémissements ou des cris. Le geôlier ouvrit la porte du fond et alluma une simple ampoule pendant du plafond, accrochée à sa douille. José Luis découvrit un réduit exigu, au fond duquel il devinait une sorte de grille posée contre le mur, il reconnut un sommier métallique à la base duquel étaient accrochées deux pinces dont l'usage habituel était de recharger des batteries automobiles. Un générateur était posé sur le sol. Il comprit. Il essaya de se préparer psychologiquement à ce qui allait lui arriver, de faire le vide, il avait conscience qu'il n'avait plus beaucoup d'atouts dans son jeu. Amoindri physiquement, il ne fallait pas flancher. Attaché au lit, la première décharge électrique le secoua de tous ses membres. Il lui sembla que son cœur se détachait. Ces dix secondes lui semblèrent une éternité.

« Ramirez et Olmedo, où je les trouve ? Réponds vite car mon petit camarade va appuyer à nouveau sur le bouton.

— Je ne sais pas où ils sont, je le jure !

— J'ai du mal à te croire, espérons que le choc électrique t'aide à te rappeler. »

La seconde décharge électrique lui sembla bien plus intense que la première. Tous ses muscles du visage étaient tendus, il sentait une pression intense sur ses globes oculaires. Ses jambes se contractaient avec une tension ressentie jusque dans les doigts de pieds. Quand la décharge cessa, il sentit sa tête se relâcher et se demanda si ses cervicales allaient tenir. Sanchez alluma une cigarette et en tendit une autre à José Luis, et lui posa sur la lèvre inférieure. José Luis tira une bouffée de tabac, il savait que Sanchez allait tenter de passer sur un registre plus empathique pour le casser psychologiquement.

« Il ne tient qu'à toi de mettre fin à ce mauvais moment. Tôt ou tard, on va retrouver tes gars. Ils vont être chassés sans relâche. Et puis tu sais, les gens parlent ici. Pourquoi tu t'imposes autant de souffrances, tu ne fais que retarder l'inéluctable ? Si tu parles, tu te sauves.

— Je ne sais pas où ils sont, depuis l'accident de moto, je ne sais rien. J'imagine qu'ils ont quitté Santiago.

— Bien sûr qu'ils ont quitté Santiago, tu me prends pour un con ? Vous êtes organisés, vous avez des planques, de la logistique, donc explique-moi comment ça fonctionne. »

José Luis restait muet, il sentait ses forces l'abandonner, mais il ne parlerait pas. Il entendit la porte s'ouvrir, Oscar revenait en amenant un homme à forte corpulence dont le visage était recouvert d'un sac de toile. Il titubait comme s'il était ivre, ses pieds nus étaient noirs de crasse, il portait un tee-shirt maculé de sang. Sanchez le récupéra par l'épaule et lui asséna un coup à l'arrière du genou au niveau de l'articulation qui le fit tomber devant José Luis. « Je crois que tu connais ce gros porc », dit Sanchez en retirant le sac de toile. En une fraction de seconde, il reconnut Gordo, son visage n'était plus qu'une masse un peu flasque, le nez était enfoncé, l'œil droit était complètement boursouflé, les cheveux collés sur le front par le sang séché. Il avait quatre dents cassées. Devant cette vision, José Luis se rappela le sympathique vendeur du magasin de bricolage, le rondouillard souriant avec lequel il aimait boire un coup. Celui qui donnait un coup de main pour des réunions politiques. Certes, ce n'était pas un grand théoricien marxiste mais un type bien. José Luis se dit qu'il avait eu le courage de ne pas parler. Son corps n'était plus qu'une somme de souffrances physiques, mais il n'avait pas abdiqué. Alors qu'on l'attachait au sommier après l'avoir traîné sur le sol car ses muscles ne le portaient plus, il planta son regard dans celui de José Luis, cela dura une infime seconde, mais ce dernier perçut toute la détermination et une certaine forme de fierté d'avoir tenu. « Alors Inostroza, on met le jus ? Ça me paraît difficile que Gordo tienne beaucoup plus longtemps. Donne-moi des noms, donne-moi des informations et je lui laisse la vie sauve. Le cas échéant, tu seras responsable de sa mort et j'espère que tu vivras avec ça. » Le regard intense de Gordo envoya un ultime message qui disait de ne pas tenir compte de lui. Il était conscient qu'il était déjà mort et que protéger ceux qui étaient encore libres était la seule chose qui importait. « Ce que j'ai à dire c'est que Gordo est un combattant, que son courage doit servir d'exemple. » Il lut dans ses yeux une forme d'acquiescement et de soulagement. José Luis ne put retenir une larme lorsqu'il vit les soubresauts du corps de son compagnon d'infortune, qui devint une masse inerte. La décharge électrique était d'une telle intensité que José Luis était en état de choc. Il avait été soumis relativement souvent à la violence, mais il s'agissait d'une violence assumée. On allait se battre, on prenait et distribuait des coups. En revanche, il n'avait jamais été exposé à la torture, cette violence lâche et sadique, sans possibilité de se défendre.

« C'est bien, l'héroïsme, Inostroza, regarde où ça mène. Et dire que tu avais la possibilité de le sauver et que tu l'as laissé crever. Oscar, fais débarrasser ce détritus. » Deux hommes vinrent détacher El Gordo et transportèrent le corps en dehors de la pièce. Sanchez attrapa José Luis par le bras et l'emmena à l'étage dans la pièce où il avait passé la nuit. Cinq jours passèrent au cours desquels il eut droit à plusieurs enchaînements de tortures diverses : décharges électriques, immersion dans une baignoire d'eau saumâtre jusqu'à la suffocation, brûlures de cigarettes, coups en tout genre. Même à bout psychologiquement, il savait qu'il ne parlerait pas, sa seule préoccupation était de savoir combien de temps son corps allait supporter les sévices qui lui étaient infligés. Dans ce centre de détention particulier dans lequel il ne lui semblait croiser personne alors même qu'il entendait du mouvement et percevait des sons non équivoques, il était véritablement seul. Bien sûr, il se demandait ce qu'il était advenu de ses compagnons de lutte, s'ils avaient été arrêtés, il se souciait également de María Paz et Guillermo. Avaient-ils gagné la France sains et saufs ? Il croyait en la capacité de sa femme à s'extraire des pires situations. Elle était très organisée et résiliente. Il avait la conviction qu'elle réussirait. Il était encore perdu dans ses pensées lorsque la porte s'entrouvrit, laissant apparaître la silhouette de Sanchez – il paraissait dans un état d'énervement avancé. Oyarno marchait sur ses talons. « Détache cette crevure, ordonna-t-il d'un ton péremptoire. Notre patience est à bout, Inostroza, je perds mon temps, l'état-major me demande des comptes, on ne peut rien tirer de toi et tu ne nous es plus utile. Je vais donc te demander une dernière fois de nous dire ce que tu sais. Descendons. »

Sanchez s'était habitué à ce que José Luis ne réponde même plus. Ce dernier se laissait guider en silence, il savait ce qui allait se passer. Ce matin-là pourtant, il sentait une tension réelle. Sanchez avait visiblement un problème avec sa hiérarchie, sans doute pour son manque de résultat alors qu'il avait carte blanche sur les méthodes à utiliser pour parvenir à ses fins. Ils prirent l'escalier en direction des caves et ouvrirent la porte de l'une d'entre elles. Sanchez demanda à José Luis de se mettre à genoux sur la terre battue, il sortit un Colt 45 et se posta en face de lui. « Inostroza, tu ne sortiras pas de cette pièce sans m'avoir donné des noms, je vais compter jusqu'à trois. » Il posa le canon du pistolet sur le front de José Luis. Ce dernier eut une impression très étrange. Il sentait que sa fin était proche et semblait résigné. Ainsi était le destin, ces quelques jours de souffrance lui avaient permis d'envisager de nouvelles perspectives, la lutte lui survivrait, le peuple reprendrait le pouvoir un jour. Et puis, fidèle à ses idéaux, il n'avait pas donné de nom. Il n'avait pas trahi, il avait la conscience tranquille. Bien sûr, il lui restait un goût d'inachevé, la frustration de ne pas laisser de trace, à part son fils, dont il ne savait même pas où il se trouvait.

Il ne prêta pas attention au fait que le décompte lugubre s'était arrêté au chiffre trois.

Il entendit la détonation et comprit que sa rotule avait volé en éclats, la première balle était donc pour son genou droit, il se laissa tomber sur le côté car la douleur était trop forte. Sanchez le prit par les cheveux et le tracta pour qu'il se remette dans sa position initiale. « Inostroza, c'est maintenant l'ultime sommation, donne-moi ces putains de noms, ces putains d'adresses et toutes les caches du MIR. » José Luis se sentait à bout. La fin du chemin était proche. Il pourrait enfin accéder à une forme de paix intérieure, alors il se dit qu'il pouvait se laisser aller une dernière fois. « Sanchez, je ne te dirai rien. J'espère qu'un jour tu paieras pour tous tes actes et que ce sera sanglant. Mes copains auront ta peau tôt ou tard et, d'ici là, j'aimerais te demander d'aller te faire enculer. » José Luis était suffisamment intelligent pour savoir qu'après plus de quarante-huit heures de silence, des insultes feraient perdre ses nerfs à Sanchez. Il sourit en pensant à ce qu'il venait de dire avant de recevoir une balle en pleine tête. Il s'effondra et son visage ensanglanté rebondit sur le sol.

Pirque

Vendredi 5 août 1988

Comme tous les matins, Cristián Sanchez commença sa journée en faisant le tour de sa maison. Il se préparait toujours un café et sortait pour profiter des rayons de soleil matinaux, sa boisson à la main. Les baies vitrées de sa chambre donnaient sur le jardin à la pelouse bien entretenue, aux deux parterres de fleurs arrosés quotidiennement entourés d'un certain nombre d'arbustes endémiques, tels le *guayacan* et le *quillay*, appréciés dans la région car peu gourmands en eau. Au fond, une piscine scintillait d'une belle couleur verte typique de cette fin d'hiver avant qu'elle soit entièrement nettoyée et mise en hivernage. Les matins étaient frais en cette saison, mais Sanchez ne craignait pas le froid car il avait subi les frimas germaniques dans sa jeunesse. Il appréciait la clarté du ciel au-dessus de la région de Santiago depuis son arrivée au Chili, trente ans auparavant.

Dans les années 1950, la communauté allemande de Buenos Aires était soumise à une certaine inquiétude car le monde entier commençait à comprendre que c'était une destination sûre pour quiconque souhaitait faire oublier le rôle qu'il avait tenu pendant la guerre. Les Allemands se faisaient discrets, et beaucoup avaient changé de patronyme. Il existait une forte solidarité entre eux, tous soudés par le secret. Les nouveaux arrivants étaient pris en charge, aidés dans leurs démarches administratives par le biais d'une méthode bien huilée. Sanchez avait été particulièrement bien accueilli… Pourtant, il avait eu beaucoup de mal à se convaincre que désormais sa vie allait se dérouler loin de sa Saxe natale, dans un pays exotique dont il ne maîtrisait ni la langue ni les usages. Dans sa quête de respectabilité, il avait rencontré Greta, qui devait lui permettre de fonder une famille et d'avoir une descendance. Il voulait aussi chasser ses vieux démons et sa tendance naturelle à une sexualité violente qui le poussait à maltraiter les femmes. L'un de ses dérapages avait donné lieu à une main courante déposée par une prostituée du quartier de la Boca contre un « étranger » qui l'avait laissée pleine d'ecchymoses. La police argentine était particulièrement tolérante à l'égard de ces immigrés particuliers et avait tendance à fermer les yeux sur un certain nombre de leurs agissements, mais la condition *sine qua non* était de ne pas attirer l'attention. À cette occasion, Sanchez avait eu des échanges assez musclés avec l'un de ses compatriotes, Günther Reus, qui avait la charge d'entretenir de bonnes relations avec l'administration locale et qui ne souhaitait pas que des agissements isolés portent préjudice à l'ensemble du groupe. Il avait fortement conseillé à Sanchez de se ranger et de ne plus faire de vagues, et avait précipité les choses en lui présentant Greta, qui n'était pas particulièrement jolie, plutôt bien en chair, mais dont les hanches larges formaient la promesse d'une procréation aisée ou, du moins, c'est ce que Günther avait mis en avant pour convaincre Sanchez. De plus, c'était une cousine de Rudel, une figure bien connue de Buenos Aires, ancien as de la Luftwaffe, maintes fois abattu et ayant toujours survécu. Sanchez était très fier de cette parenté même s'ils se marièrent sans grande conviction en 1952, actant au passage leur changement d'identité. Ils devinrent Cristián et Mercedes Sanchez. Ils mirent trois ans avant d'avoir un enfant et c'est une fille qui vint au monde, ce qui eut pour effet de tendre les relations de couple, le mari tenant sa femme pour responsable. De surcroît, l'enfant avait une santé fragile. Après plusieurs alertes, elle mourut à la suite d'une méningite fulgurante à l'âge de deux ans. Cet événement tragique eut pour effet de convaincre Cristián Sanchez de changer de vie une nouvelle fois. Son mariage artificiellement cimenté par l'arrivée d'un enfant avait volé en éclats et, s'il était bienvenu de sauver les apparences, Sanchez ne se plaisait pas vraiment dans la capitale argentine. Il n'était pas très sociable, avait du mal à s'intégrer et n'avait pas bonne réputation après l'agression de la prostituée et son retentissement dans la collectivité. Les commérages en avaient même fait un homme dangereux, voire un délinquant sexuel. Son retour à la vie professionnelle ne lui donnait pas non plus l'occasion de s'épanouir. La solidarité germanique lui avait offert l'opportunité de travailler comme comptable dans une entreprise d'import-export, mais l'ambiance était particulièrement morose. Grâce à des relations, il avait été mis en contact avec le gérant de la société d'assurances Brehme qui avait un bureau de représentation à Buenos Aires, même si le gros de l'activité dans cette zone géographique se situait dans le Sud-Chili. L'immigration allemande y était relativement ancienne et avait été organisée par le gouvernement en 1845 à l'aide d'une loi dite d'« immigration sélective ». L'objectif était de coloniser la zone méridionale du pays pour contrer toute velléité d'expansion de l'Argentine voisine. Cette invitation à l'installation avait eu lieu peu après l'indépendance chilienne et de nombreuses familles avaient quitté l'Allemagne et étaient parties à la découverte de ces nouvelles terres. Valdivia, Puerto Montt, autant de villes sorties de terre grâce aux colons germaniques qui pouvaient ressembler à des bourgades de Bavière. L'environnement très vert de cette partie du Chili, connue pour ses très fortes précipitations, rivalisait avec les lacs majestueux qui pouvaient faire penser à des paysages alpestres que l'on trouve en Suisse, en Autriche ou en Allemagne. Seule la présence de sublimes volcans surplombés d'un cône enneigé, qui ressemblent à s'y méprendre au mont Fuji, indiquait que l'on était loin du Tyrol.

La communauté allemande s'était particulièrement bien organisée avec l'implantation de *Deutsch Schulen*[26] pour garantir un bon niveau d'éducation des enfants. Des entrepreneurs avaient développé des activités avec un certain succès et étaient en relation d'affaires avec l'Argentine. Les assurances Brehme recherchaient un directeur financier adjoint et il fut donc décidé que Cristián Sanchez irait à Puerto Montt rejoindre cette entreprise. Sur place, il serait pris en charge par les Frisch, bien implantés dans la région, avec lesquels il possédait une très lointaine parenté.

Le départ de Cristián Sanchez de Buenos Aires fit peu de vagues. Les relations avec son ex-femme étaient devenues inexistantes après avoir été exécrables. Ils avaient engagé une procédure de divorce et le couple était extrêmement motivé pour que les choses aillent le plus vite possible.

Le 25 septembre 1956, Cristián Sanchez posait ses valises au Chili après un voyage éreintant de plusieurs jours. Il n'était pas dépaysé. À la différence de Buenos Aires, ville latine d'inspiration italienne, Puerto Montt respirait l'Allemagne. Certes, elle n'avait pas grand-chose

26. Écoles allemandes internationale que l'on retrouve aujourd'hui à travers le monde.

à voir avec ses lointaines cousines de la rive droite du Rhin, mais une ambiance très particulière y régnait. Le grand restaurant s'y nommait Bismarck, les *biergarten* foisonnaient dans les rues passantes et un grand nombre de maisons en bois se profilaient en lisière d'une vaste forêt de conifères. Cristián était tombé amoureux de l'endroit. Sa compagnie d'assurances était située dans le centre-ville. À proximité, les Frisch possédaient une belle maison, avec une vue imprenable sur les bras de mer qui enserrent la grande île de Chiloé. C'était un couple un peu déséquilibré entre un homme relativement ennuyeux et une femme avenante et drôle.

Hans Frisch était né au Chili, il représentait la seconde génération d'immigrés. Il avait connu sa femme, Frida, à l'école allemande, ils avaient flirté étant adolescents et s'étaient tout naturellement mariés. La première génération des Frisch, qui bénéficiait de moyens importants, avait mis en place une activité de pêche qui avait connu un certain succès. La flottille opérait autour de l'île de Chiloé, riche en ressources halieutiques. Il n'était pas exagéré de dire que tous les poissons que l'on trouvait dans son assiette dans le sud du Chili provenaient de la *pescadería* Frisch. Ils avaient mis au point un système de conservation qui leur permettait d'acheminer, par camions réfrigérés, leurs prises jusqu'à Osorno ou même Temuco. Leurs marchandises passaient aussi la frontière argentine jusqu'à Bariloche.

Si Cristián considérait que travailler dans le poisson n'avait rien de noble et revenait à œuvrer dans la puanteur, il jalousait cependant la réussite financière de ses compatriotes du bout du monde.

Les Frisch avaient souhaité organiser un premier dîner en petit comité pour en savoir un peu plus sur cet étonnant personnage. Secrètement, Hans voulait surtout parler de la guerre, qu'il avait suivie du Chili, se nourrissant des rêves de puissance et suivant l'avènement du Reich. Il avait vécu toute cette période avec une certaine frustration car il avait cru aux promesses d'un ordre nouveau pour mille ans. Le crépuscule du Führer l'avait beaucoup affecté car il avait culpabilisé de n'avoir pu agir. Frida lui avait interdit de se rendre en Allemagne pour y jouer un rôle. Leur vie était au Chili et si l'on pouvait regretter que l'empire se soit effondré, cela n'avait aucun impact sur leur quotidien.

Cristián se présenta pour le dîner à dix-huit heures précises, comme cela lui avait été conseillé. Il en avait fait un peu trop avec un bouquet surdimensionné. C'est Frida qui lui ouvrit. Il la trouva à son goût, assez élancée dans une robe légère au décolleté suggestif et fourni. Elle était blonde avec de cheveux souples noués en chignon, et avait choisi un rouge à lèvres intense qui soulignait une bouche pulpeuse captant le regard. Hans avait plutôt un visage nordique avec des cheveux clairsemés qui tiraient sur le roux et une barbe épaisse.

« Bienvenue au bout de la terre, Cristián, je crois qu'ici nous sommes dans la partie la plus occidentale du Reich.

— Frida, sers vite notre hôte, il a beaucoup de choses à raconter.

— Et qu'est-ce qui ferait plaisir à notre hôte, un mauvais vin de Hans ou une merveilleuse bière allemande fabriquée à Valdivia ? »

C'est avec curiosité que Cristián goûta à l'Anwandter, une bière fabriquée depuis 1851, par une famille de colons allemands de la première génération. « Vous vous rendez compte, la famille Anwandter pose le pied sur le sol chilien et, deux ans plus tard, ils ont une brasserie qui tourne à plein régime et qui inonde la région de bière ; c'est ce qu'on appelle le "génie allemand", non ? »

Cristián était sous le charme de cette femme qu'il trouvait assez fine. Le dîner traîna en longueur car l'ordre du jour était fourni. Il fallait tout savoir sur ce personnage, sa trajectoire de vie, mais aussi comprendre sa personnalité. Hans ne voulait pas trop se perdre en digressions, il avait la chance d'avoir un ancien combattant à sa table, il voulait entendre un véritable récit de la guerre, avoir une vision de l'intérieur des camps qui le fascinaient autant qu'ils le révulsaient. La discussion se tint entre hommes car Frida avait toujours éprouvé un sentiment mitigé au sujet des épisodes tragiques survenus en Europe. Elle se sentait bien évidemment allemande au plus profond de son être, mais avec la distance avait beaucoup de mal à comprendre comment son pays avait basculé dans la haine. Hans, quant à lui, était fasciné. À l'instar des Français qui regardent l'Empire à la veille de Waterloo avec une forme de nostalgie persistante, il avait rêvé d'un grand Reich s'étendant de Brest à Stalingrad avec une partie septentrionale en Scandinavie et une limite sud dans les pays d'Afrique. Il avait répondu positivement en 1940 lorsque des descendants de familles allemandes avaient voulu mettre en place des formations paramilitaires à Puerto Varas. Il soufflait un vent de nazisme chez les vieux migrants allemands et Hans avait le sentiment d'être utile à son pays. La démarche avait quelque chose d'absurde car il était fortement improbable que ces jeunes chiliens-allemands se retrouvent un jour sur le front de l'Est dans un panzer. Il allait donc passer ses week-ends au bord du lac entouré de riches forêts pour stimuler les jeunes dans des exercices physiques éreintants. Il faut dire que les images de propagande allemande avaient fait le tour du monde. La qualité visuelle des mises en scène, les parades au millimètre, les Hitlerjugend[27] en chemise brune impeccable, les cheveux blond-blanc plaqués sur le front (du moins ceux qui avaient les honneurs des premiers plans) provoquaient aussi bien l'effroi qu'un

27. Jeunesses hitlériennes, le mouvement de jeunesse du parti nazi.

sentiment d'orgueil nationaliste. Hans était de ceux-là, d'ailleurs, les thèses raciales trouvaient un écho dans le Sud-Chili où les Mapuche étaient regardés de haut, au propre comme au figuré. Cantonnés aux tâches ingrates, ces « anti-aryens » de petite taille à la peau foncée et aux cheveux sombres étaient peu considérés par les émigrants allemands. Peut-être auraient-ils dû s'intéresser davantage à ce peuple belliqueux qui s'enorgueillit à juste titre de ne jamais être tombé sous le joug de l'envahisseur espagnol ; lequel avait dû se résoudre à négocier avec les indigènes pour établir la limite méridionale de son empire sur le fleuve Biobío, déclaré infranchissable pour les conquistadores. Cette nation de guerriers particulièrement déterminés méritait donc de la considération.

Hans avait donc vogué dans cette mouvance nazie, on l'avait même sollicité pour faire du renseignement. Le détroit de Magellan étant une route maritime stratégique, les informations sur les mouvements de bateaux de guerre ou de marchandises pouvaient être précieuses. Les réseaux nazis avaient donc installé des antennes pour écouter les transmissions de l'Armada de Chile[28], qui surveillait cette zone. Il était néanmoins resté très en retrait, se contentant de transmettre des messages sans jamais se compromettre davantage qu'en cachant des documents chez lui ou en hébergeant des amis de

28. La marine chilienne.

la cause. D'ailleurs, son nom n'était jamais apparu dans les enquêtes du Département 50, créé par la Policía de Investigaciones de Chile pour traquer les nazis.

Frida avait suivi les choses de loin, elle savait que son mari ne s'engagerait pas très avant dans ces actions, mais se contenterait de donner l'impression de participer. La guerre terminée, Hans avait rangé ses souvenirs dans un coin de sa tête et conservait avec une certaine nostalgie l'image de ce Reich qui avait dominé l'Europe. C'est pour cette raison qu'il était fasciné par le récit de Sanchez, qui en parlait comme un illuminé : il assumait une haine irrationnelle contre le peuple juif et ne tarissait pas de détails sur le traitement qu'il leur avait infligé… En évoquant ses souvenirs, son visage rayonnait. Il faisait peur.

Avec le recul, Hans n'avait pas véritablement apprécié ce premier contact, il ne parvenait pas à se projeter dans une relation d'amitié avec ce nouveau venu. Il avait visiblement du mal à s'extraire de cet encombrant passé, bien au contraire il semblait chercher à cultiver ces souvenirs morbides. En plus, il avait jeté plusieurs regards appuyés en direction du décolleté de sa femme, ce qui avait eu le don de l'exaspérer.

Frida n'avait pas non plus goûté à cette nouvelle rencontre. Elle avait trouvé son compatriote particulièrement rustre et, sans le trouver beau, elle avait néanmoins continué à penser à lui pendant plusieurs jours. Cristián avait perçu cette attirance et lui-même n'était pas insensible à ses charmes. Ils eurent l'occasion de se croiser par hasard puis provoquèrent les occasions de se voir. Peu à peu, il leur arrivait de déjeuner avant de se promener longuement ensemble. C'est ainsi, au fil de l'eau et d'une attirance mutuelle, qu'ils devinrent amants.

Cristián prétextait des réunions en dehors du bureau pour retrouver Frida chez elle. Il s'agissait d'une relation purement physique avec une certaine forme de violence. Cela correspondait à un besoin de sexualité débridée pour Frida que Cristián s'appliquait à satisfaire. Ils se parlaient peu, se quittaient après une douche expédiée prestement.

Particulièrement discret afin de ne pas éveiller les soupçons de la petite communauté, Cristián prenait soin de toujours venir à pied, puis d'accéder à la maison par la porte arrière. S'il lui arrivait de croiser quelqu'un qu'il connaissait, il avait toujours une justification, un livre oublié, la nécessité de récupérer un dossier chez sa famille adoptive. Personne ne pouvait vraiment imaginer qu'il existât une liaison entre eux tant le couple formé par Hans et Frida donnait des gages de solidité. Ils purent entretenir cette relation plusieurs années notamment car ils se voyaient peu. Un mois pouvait passer sans qu'ils se retrouvent pour des activités volages. Cela leur permettait de troubler l'ennui de cette petite ville dans laquelle il ne se passait pas grand-chose. Sanchez avait trouvé une forme d'équilibre et était beaucoup plus heureux qu'il avait pu l'être en Argentine. Il s'était fait une raison et donnait le meilleur de lui-même dans son activité professionnelle. Il était bien noté par ses supérieurs et avait pris davantage de responsabilités. Il restait assez solitaire et s'étonnait que Hans insiste toujours pour lui trouver une amie alors même qu'il était ravi de profiter de sa femme. Les week-ends, les activités ne manquaient pas entre les balades en montagne et l'ascension de volcans, un cadre idéal pour un amoureux de la nature comme lui. Prendre le bateau pour rejoindre la grande Chiloé faisait également partie des sorties incontournables. La découverte de l'île avec ses maisons en bois creusé par le sel et terni par le temps, avec ses points de vue sublimes, était une invitation à revenir. Cristián se plaisait. Il n'avait pas beaucoup de nouvelles d'Allemagne si ce n'est à travers les liaisons hebdomadaires avec le siège social des assurances Brehme et il faut dire que cela ne lui manquait aucunement. Il avait réussi à refaire sa vie dans ce coin à l'autre bout du monde et n'en demandait pas plus. Le temps passant, il était parvenu à nouer quelques liens d'amitié avec les Chiliens. La communauté germanique ne l'avait pas accueilli à bras ouverts, mais il ne s'était pas non plus appliqué à se faire accepter. À la longue, Hans avait fini par le trouver antipathique et ne consentait plus à faire des efforts pour organiser des programmes avec lui. Frida n'insistait pas non plus pour le revoir car elle avait du mal à assumer leur liaison et sa situation était devenue de plus en plus inconfortable. Le temps passait sans que Sanchez montre le moindre signe de lassitude. Sa vie lui convenait et il ne se projetait pas plus loin.

Le drame eut lieu un mardi matin peu avant quatorze heures, Hans avait voulu faire une surprise à sa femme et rentrer un jour plus tôt de Santiago, où il participait à un salon visant à promouvoir le secteur agroalimentaire et à envisager des échanges commerciaux avec les pays limitrophes. En ouvrant la porte de sa maison, il reconnut Cristián de dos, le pantalon baissé sous les genoux, Frida accroupie, face à lui, la poitrine nue. Hans réagit froidement, même si la trahison de sa femme lui était insupportable, il s'y était préparé tant elle paraissait s'être éloignée de lui au fil du temps. Il voyait là une opportunité de se débarrasser de cet intrus, de le faire sortir de leurs vies. Il s'exprima avec une voix neutre sans agressivité : « Toi la pute, tu remontes dans ta chambre, Sanchez, tu restes ici. » Frida s'exécuta, sans dire un mot, elle n'avait pas la force mentale de fondre en larmes et se jeter dans les bras de son mari en implorant son pardon. Elle savait que parler ne ferait qu'envenimer la situation. Elle monta les escaliers en silence.

L'Allemand commença à balbutier tout en essayant de justifier l'injustifiable. Hans lui coupa la parole et mit son index devant sa bouche, lui intimant de se taire. Il s'adressa à lui de façon très calme : « Ce que tu as fait est inqualifiable, mais je ne suis pas étonné car tu es une ordure. On ne tolère pas ce type d'agissement dans notre communauté, tu es un homme mort. Je crois que ta réputation était déjà bien détériorée, mais là, je vais te cramer au lance-flammes. Je vais appeler ton employeur, qui va te virer. Et surtout, tu vas foutre le camp de Puerto Montt, tu n'es plus le bienvenu ici, d'ailleurs tu ne l'as jamais été. Maintenant dégage… et dégage vite. »

Santiago

Samedi 6 août 1988

Le séjour chilien se déroulait de la meilleure des manières. Ethan et Guillermo avaient pris leurs marques et profitaient à fond de la vie santiagoise. Ils n'étaient pas tout le temps ensemble car Guillermo avait un programme de rendez-vous assez dense pour faire progresser son mémoire. Au hasard des rencontres, il découvrait que les familles avaient souvent été déchirées au moment de l'avènement de la dictature. Il commençait peu à peu à appréhender la grande complexité du Chili post-coup d'État. Des positions s'étaient radicalisées entre frères, sœurs, cousins… Les conservateurs, attachés à l'ordre, prenaient fait et cause pour Pinochet alors que les progressistes ou ceux qui avaient une sensibilité de gauche haïssaient le dictateur. Et puis le temps avait fait son œuvre vers une forme de réconciliation et de pardon. Certains ennemis farouches de la première heure reconnaissaient à demi-mot que la politique mise en œuvre n'était pas étrangère à la bonne santé économique du pays, d'autres adoptaient une posture plus critique à l'égard de l'expérience Allende, qui avec du recul leur semblait avoir été trop extrême. Les gens s'étaient quelque peu résignés et les relations s'étaient pacifiées. Juan Carlos avait été particulièrement sympathique avec Guillermo et lui avait ouvert un certain nombre de portes, en lui obtenant des entretiens avec quelques figures de l'establishment, notamment un juge de la Cour suprême ainsi que quelques conseillers de Pinochet. Néanmoins, afin d'étoffer son analyse, il lui fallait d'autres contacts, notamment des représentants de la gauche chilienne. Pour cela, il voulait s'appuyer sur sa famille qui s'était proposé de l'aider. Par chance, Javier se révélait particulièrement motivé pour aider Guillermo dans ses recherches. Il y avait eu notamment une rencontre intéressante avec l'un des amis de son père qui avait fait partie de la bande, un certain Rico. Ce dernier avait une bonne connaissance du spectre politique chilien et livrait toujours une analyse assez fine. Il parlait français et avait des contacts avec le Parti socialiste. L'opinion partagée est que le régime semblait à bout de souffle et que la transition vers la démocratie paraissait inéluctable.

Au gré des conversations, le sujet revenait inlassablement sur José Luis. Guillermo se rendait compte à quel point son père avait été une personnalité marquante. Il ressentait vraiment le besoin d'en savoir plus sur lui. Une fois, il avait demandé à Javier de lui faire faire un tour de Santiago pour découvrir les lieux de la vie de son père. Ethan était bien sûr avec eux. Ils étaient passés devant l'immeuble où ils avaient habité. Guillermo ne se rappelait plus très bien la rue, qui avait beaucoup changé, mais il avait reconnu le petit square dans lequel il jouait. Il était également passé devant l'université où José Luis enseignait. Guillermo avait reconnu la résidence de l'ambassadeur de France. Sa mémoire avait davantage imprimé ses derniers moments sur sa terre natale. Son séjour au Chili était en train de le reconnecter avec son histoire familiale.

Sur toute cette réflexion, il était encouragé par Ethan. Ce dernier ne comprenait pas pourquoi son ami ne mettait pas plus de motivation à voir des amis de son père pour découvrir qui il avait été et bien évidemment dans quelles conditions il était mort. Il insistait beaucoup pour que son ami mette à profit le réseau des amis chiliens de sa famille. C'est sous cette pression amicale que Guillermo avait contacté, par l'intermédiaire de Javier, une certaine Macarena, l'une des ex de son père. Elle avait eu beaucoup de mal à encaisser sa disparition et en savait long sur les circonstances. Macarena Lafquen avait un passif révolutionnaire mais n'avait jamais été arrêtée. Elle avait pourtant fait partie d'un certain nombre de commandos armés, tout en restant dans l'ombre, s'impliquant davantage dans l'organisation des coups de main plutôt que dans le passage à l'action, mais c'était un rouage essentiel de nombreuses opérations. Son rôle, peu exposé, lui avait toujours permis de passer entre les gouttes. Elle ne quittait plus Valparaíso, où elle s'était installée depuis une dizaine d'années, dans la partie supérieure de la ville, au Cerro Concepción. À cet endroit, qui domine la baie en offrant une jolie vue plongeante sur le port, Macarena vivait dans un atelier d'artiste où elle faisait de la sculpture sur terre qu'elle peignait. Elle appelait ses créations ses « fantasmagories », mélange de figures animales et mythologiques. Ella avait un certain succès et avait même exposé à Buenos Aires et à Lima. Le paradoxe était que le régime chilien appréciait ses œuvres et deux sculptures se trouvaient même dans le palais présidentiel.

Personne ne le savait, mais elle avait secrètement travaillé à la logistique de la tentative du Frente Patriótico Manuel Rodriguez[29] pour assassiner le général Pinochet, en 1986. Cette action spectaculaire à l'encontre du chef de l'État lors de l'un de ses déplacements en direction de sa résidence secondaire d'El Melocotón. Une route à sens unique, à flanc de colline avec un fleuve en contrebas que l'on appelait Cajón del Maipo constituait un site propice pour une embuscade. Le principe était simple : bloquer l'escorte composée de plusieurs

29. Groupe armé chilien, d'obédience marxiste-léniniste, qui lutta contre la dictature d'Augusto Pinochet.

voitures, dont celle du dictateur, et de *carabineros* à moto. Dans l'impossibilité d'opérer un demi-tour, la souricière se refermerait naturellement et un déluge de feu viendrait décimer l'escouade. Des moyens importants avaient été consacrés à l'organisation de ce qui devait permettre de fermer définitivement la parenthèse autoritaire au Chili.

Pourtant, rien ne se déroula comme prévu. La caravane disposée en travers de la route empêcha bien la colonne de progresser, mais les nombreux tirs de fusils-mitrailleurs n'eurent pas raison du blindage de la Mercedes présidentielle. Pire que cela, un tir de bazooka atteignit sa cible, mais la roquette fit un ricochet sur la carrosserie. C'est alors que le chauffeur du général eut la présence d'esprit d'entreprendre une marche arrière à grande vitesse pour revenir sur ses pas et exfiltrer le dictateur. Le miraculé invoqua Notre-Dame du Bon Secours, ce qui écœura ses opposants politiques. L'attaque avait fait cinq morts et douze blessés, un bilan très lourd, mais laissa le général Pinochet indemne. Pour donner le change, il parut devant les caméras de télévision avec une main bandée pour montrer qu'il avait souffert, mais tout le monde ne retint qu'une chose : le destin l'avait épargné. Peut-être bénéficiait-il, comme il le prétendait, d'une protection divine.

Cette ultime mission avait sonné le glas de l'engagement de Macarena. Elle avait fait ce qu'il fallait, notamment en trouvant une base arrière pour l'organisation de l'attentat et l'acheminement d'une quinzaine de fusils d'assaut M16 et leurs munitions. Elle n'avait donc rien à se reprocher et ne pouvait que maudire l'amateurisme de ceux qui n'avaient pas pu finir le travail. De plus, les rumeurs sur la tenue d'un référendum dès 1987 avaient fait naître chez elle le fol espoir que la dictature pouvait sans doute être définitivement abattue, non par les armes mais dans les urnes.

Pour se rendre à Valparaíso, Alejandra avait demandé à son père la permission de lui emprunter sa voiture, mais la confiance de celui-ci dans les capacités de sa fille à ne pas abîmer sa voiture était limitée, il avait donc demandé à son gardien de lui prêter la sienne. C'est donc dans une vieille Oldsmobile aux sièges en tissu râpé, qui sentaient le chien mouillé, qu'ils prirent la direction de Valpo. Macarena avait imposé quelques règles de prudence et notamment le fait qu'elle devait parler en tête-à-tête avec Guillermo. Il était entendu qu'ils se retrouveraient à l'atelier pendant qu'Ethan et Alejandra iraient se promener dans la ville.

Alejandra s'était garée sur le parking du port avant d'abandonner Guillermo devant l'entrée du funiculaire qui lui permettait de rejoindre le Cerro Concepción, où se trouvait l'atelier de Macarena. Alejandra lui avait donné toutes les indications nécessaires pour qu'il ne se perde pas dans le dédale de petites rues. Il devait trouver la cathédrale anglicane Saint-Paul, le reste était un jeu d'enfant. En arrivant dans l'atelier, il trouva Macarena les mains dans la glaise, fabriquant des formes biscornues. Elle écoutait du Donna Summer assez fort sur un *ghetto-blaster* constellé de taches de terre séchée. Les portes de l'atelier étaient ouvertes, si bien qu'elle n'entendit pas Guillermo s'approcher. Il la regarda quelques instants. Elle avait les cheveux courts à la garçonne, la peau mate et le visage très typé. Il se souvenait que son surnom était « la China » et il est vrai que ses yeux pouvaient s'apparenter à des yeux bridés. Elle portait une robe à fleurs sous son tablier blanc qu'elle arborait quasiment à toute heure. Elle s'interrompit et s'adressa de façon très directe à cet individu qu'elle n'avait jamais vu : « Bonjour, bienvenue, qu'est-ce que vous foutez là et qu'est-ce que je peux faire pour vous ? » Guillermo, qui ne manquait pas de repartie, répondit du tac au tac :

« Ce que vous pouvez faire, c'est me raconter un peu qui est mon père…

— Et justement, c'est qui ton père ?

— José Luis Inostroza.

— Ah putain, c'est vrai, tu es le fils de José Luis, j'avais complètement oublié que tu devais passer me voir. Javier m'avait dit. Désolé pour l'accueil, c'est un peu le bordel chez moi. Tu veux un café ? »

Guillermo était assez amusé de rencontrer cette femme visiblement très énergique, qui parlait comme un charretier. Il accepta sa proposition et ils se rendirent à la cuisine, à l'étage. Assis l'un en face de l'autre, ils commencèrent à discuter, en sirotant un café très noir que Guillermo fit semblant d'apprécier. « T'as une belle gueule pour être le fils de José Luis, je n'avais pas le souvenir que ta mère était si jolie, sacré personnage la María Paz. » Guillermo devina en une fraction de seconde que ces deux femmes avaient dû être en concurrence pour gagner le cœur de son révolutionnaire de père, mais qu'il n'y avait eu qu'un seul enfant, donc sa mère l'avait emporté. Au fur et à mesure de la discussion, il comprit pourquoi sa mère ne lui avait jamais parlé de Macarena, qui devait être une maîtresse régulière de son père.

Guillermo découvrait un portrait assez pittoresque de son géniteur. Son interlocutrice lui conta les premières années de militantisme au MIR, les copains Javier et Fabián. Il y régnait une forme d'insouciance et d'exaltation. L'avènement d'Allende, l'espoir et puis le combat, contre les milices d'extrême droite – telle Patria y Libertad – qui avaient créé les conditions de la prise du pouvoir de l'armée. Macarena avait le mérite d'avoir le recul suffisant pour raconter ces épisodes sans aucun pathos. Elle était consciente d'un certain nombre d'erreurs qui avaient été commises : du meurtre de soldats aux différents ratés de la lutte armée… « C'est clair que si ton père avait été là, on aurait évité un certain nombre de conneries, mais il a fait l'erreur de mourir un peu tôt. » Elle eut tout de suite honte de ce qu'elle venait de dire, mais Guillermo avait remarqué que lorsqu'elle évoquait son père, son regard se voilait légèrement, elle l'avait visiblement beaucoup aimé. Il trouvait cela assez touchant.

Macarena rentra dans le détail de l'après-coup d'État jusqu'à son incarcération. Guillermo avait déjà entendu ces récits de la bouche même de ceux qui les avaient vécus, mais il trouvait particulièrement intéressant d'avoir une vision féminine des événements. À la différence de ses autres interlocuteurs qui cherchaient à construire une image héroïque de José Luis, Macarena était plus objective. Elle connaissait bien les personnalités des uns et des autres. Guillermo comprit entre les lignes qu'elle reprochait beaucoup aux compagnons de lutte de s'être désintéressés du cas José Luis. Après son arrestation, chacun avait plutôt cherché à protéger ses arrières plutôt que de lancer une opération – jugée hasardeuse – pour tenter de le délivrer. Pire, certains avaient fait courir le bruit que José Luis avait parlé. Seule Macarena avait essayé d'en savoir plus sur ses conditions de détention. Bien sûr, lorsque la nouvelle de sa disparition se répandit, tous ses proches s'étaient retrouvés pour un hommage sobre, une occasion de rappeler les liens qu'avaient les uns et les autres avec José Luis, puis chacun s'en était allé, certains avaient été arrêtés plus tard, d'autres s'étaient exilés en France ou en Suède. Seule Macarena avait continué à chercher la vérité sur les derniers moments de son ex-amant. Le hasard fit qu'elle rencontra, en 1985, Oscar Oyarno, complètement par hasard à l'hôpital Carlos Van Buren de Valparaíso. Elle y donnait un peu de son temps en faisant du bénévolat. Oscar, quant à lui, avait eu un très grave accident de la route qui l'avait laissé tétraplégique. Macarena faisait partie de ceux qui allaient visiter les malades pour passer du temps à discuter avec eux. C'est au bout de quelques mois qu'Oscar lui avait confessé qu'il avait travaillé dans le renseignement militaire et s'était retrouvé malgré lui incorporé à la DINA, ce qui lui avait valu de se retrouver dans la peau d'un tortionnaire. Il avait très tôt demandé sa mutation et avait obtenu gain de cause en étant envoyé dans une unité de la région de Valparaíso. Finalement il avait quitté l'armée pour travailler comme comptable dans une entreprise de bus, jusqu'à son accident qui l'avait laissé paralysé.

Au fil des discussions, un lien d'amitié s'est créé entre eux. Elle ressentait de l'empathie pour cet homme d'abord bourreau puis finalement victime, dont les nuits étaient agitées par de terribles cauchemars dans lesquels il revivait ce qui s'était passé Villa Grimaldi. Elle ne se souvenait plus vraiment comment elle en était venue à parler de José Luis, sans doute en essayant de savoir ce qu'il était advenu d'un certain nombre de personnes arrêtées à cette époque et c'est là qu'Oscar lui avait tout raconté.

« Tu sais Guillermo, ça m'a pris du temps, mais je sais comment est mort ton père. Tu connais tout de son arrestation et sa détention. Le hasard a voulu que je rencontre une personne qui a été le témoin de ses derniers moments. Il a vécu un enfer pendant plusieurs jours, torturé, brisé psychologiquement. Il s'est tellement accroché à la vie qu'il a réussi à tenir. Il n'a donné aucun nom, tu m'entends, aucun nom. Il a tout supporté en gardant ses secrets. [Sa voix devenait chevrotante et sa bouche se crispait. Elle était proche des larmes.] Et quand il a compris qu'il ne pourrait jamais être sauvé, et qu'il était à bout physiquement, il a quasiment choisi le suicide. Il a sciemment poussé son bourreau à commettre l'irréparable, il lui a collé une balle dans la tête. Donc oui, ton père avait quelque chose d'héroïque en lui.

— Et ce gars, il pourrait me raconter tout en détail ?

— Malheureusement non. Il est décédé d'un cancer fulgurant il y a quelques mois. Il en a toujours voulu à l'ordure qui a abattu ton père, un de ces gars dont la DINA pensait qu'ils étaient plus à même de torturer car ils étaient allemands.

— Allemands ?

— Oui, le type qui a assassiné ton père s'appelle Cristián Sanchez, mais il est d'origine allemande, il est arrivé au Chili après la guerre.

— Et ce Sanchez est toujours en vie ?

— Bien sûr qu'il est toujours en vie, les salopards ne meurent jamais. »

Guillermo reçut cette information comme un uppercut. Ainsi le bourreau de son père coulait des jours paisibles à Santiago.

« Mais, personne n'a rien fait ? demanda-t-il.

— Faire quoi ? Le Chili est bourré de tortionnaires. Ils ont tous repris une vie normale après leurs exactions. Ils étaient protégés par le régime. »

Encore sous le choc de cette révélation, il prit congé de Macarena, non sans l'avoir chaleureusement remerciée. Il avait vraiment apprécié le caractère de cette femme. Elle lui promit de passer à Santiago, mais il savait qu'elle ne tiendrait pas sa promesse.

Il récupéra Alejandra et Ethan, tout sourire, qui semblaient avoir passé un très bon moment ensemble. Guillermo se demanda s'il n'y avait pas quelque chose qui se tramait entre eux.

Cachagua

Samedi 20 août 1988

Le départ pour la résidence secondaire des Alvarez Vicuña avait donné lieu à une grosse excitation, la météo de cette fin d'hiver promettait d'être clémente et si personne ne se baignerait dans l'eau glacée du courant de Humboldt, la perspective de balades le long de cette plage interminable avait mobilisé tout le monde.

Guillermo était curieux de découvrir l'endroit où ses parents s'étaient rencontrés et somme toute assez heureux de la perspective de quitter Santiago le temps d'un long week-end. La vie dans la capitale était très agréable, mais il n'avait eu droit qu'à une escapade à Valparaíso. Depuis sa rencontre avec Macarena, Guillermo avait radicalement changé de posture à l'égard de son père. Détaché du sujet jusqu'alors, il voulait dorénavant rattraper le temps perdu et profiter de sa présence au Chili pour partir à la recherche de son tortionnaire. Il faut dire que Guillermo s'était construit seul, avec l'aide de sa mère. C'est elle qui avait fait preuve de résilience et d'abnégation pour se créer une nouvelle vie, dans un pays qu'elle ne connaissait pas. Il savait quels avaient été ses sacrifices pour lui permettre de faire de bonnes études, de vivre comme un Parisien, d'aller au cinéma, de jouer au football dans un club. Il n'avait manqué de rien et s'il subissait quelquefois le regard condescendant de certains de ses congénères, mieux nés que lui, à Sciences Po, il n'y prêtait aucune attention. Il lui avait néanmoins manqué l'image du père, une présence masculine pour l'accompagner. Il avait concentré tout son amour en direction de cette mère qu'il adorait et admirait. Son père, capturé les armes à la main, mort sous la torture, était un personnage épique et il devait en savoir plus. Il avait un peu ruminé la question et s'était convaincu de parler à des relations de son père. Après réflexion, il eut honte d'avoir snobé Hernan et Javier, qui lui avaient fait pourtant signe à de nombreuses reprises dès son arrivée. Ils s'étaient vus bien sûr, mais ces rencontres n'avaient pas vraiment captivé Guillermo. Les histoires d'anciens combattants du MIR lui semblaient un peu répétitives et très en décalage avec les enjeux du moment. De plus, si le succès du référendum qu'il appelait de ses vœux se confirmait dans les urnes, la voie de la réconciliation du peuple chilien devait passer par une certaine amnésie volontaire et collective. Par conséquent, se vanter des actions violentes du passé ne menait nulle part. Il avait fini par répondre systématiquement par la négative aux sollicitations des amis de son père en trouvant toutes sortes d'excuses. Il estimait avoir passé suffisamment de temps à parler de sa mère, de leur vie à Paris…

Quand il s'était résolu à rappeler Javier pour lui demander s'il en savait davantage sur la mort de son père, s'il savait comment et par qui il avait été tué et que celui-là lui avait donné les coordonnées de Macarena, il avait décidé de se forcer et ne l'avait pas regretté. En effet, autant Javier était prolixe sur la période qui précédait le coup d'État, autant il paraissait mutique sur la période suivante. Guillermo en avait conclu qu'il s'était tranquillement mis à l'abri avec un certain nombre d'autres camarades et avait ainsi pu vivre en clandestinité. Macarena était donc ce chaînon manquant qui lui avait permis de faire la soudure entre la vie vécue avec son père et l'exil. Ce thème occupait toutes ses pensées.

Le départ en week-end était toute une expédition, et les Alvarez Vicuña, un peu dépassés par la présence des deux Parisiens, virent leur logistique se compliquer. Tout le monde ne pouvait pas monter dans la Mercedes, par conséquent Carmen, la bonne, devait effectuer le trajet en autocar et n'arriverait donc que le samedi en fin de matinée. Pour Loreto, qui n'avait jamais vraiment eu l'occasion de faire démarrer une machine à laver, cette soirée sans service s'annonçait compliquée. Alejandra avait comme d'habitude rempli une valise de robes qu'elle ne mettrait pas. Ethan et Guillermo étaient enchantés de partir à la plage. La Ruta 5 Norte, tronçon chilien de la mythique panaméricaine, traversait successivement des décors de western puis des vignobles vallonnés. En passant le tunnel El Melón, le paysage changeait, la température baissait et l'humidité augmentait, on se rapprochait de l'océan.

La traversée de forêts d'eucalyptus à l'odeur si particulière, la sortie à Maitencillo et enfin la route qui surplombe le Pacifique achevèrent de séduire les deux touristes. Ils furent néanmoins surpris en arrivant. Le train de vie élevé des Alvarez Vicuña laissait penser qu'ils posséderaient une maison un peu hollywoodienne, mais ce n'était pas le style des lieux. Située sur les hauteurs, à droite de la sublime plage de Cachagua quand on regarde l'océan, la maison semblait sommaire. Construite en bois sur pilotis avec un toit qui s'apparentait à un toit de chaume, c'était un mélange de rusticité et d'exotisme. Pour Ethan, il s'agissait du type de maisons que l'on pouvait retrouver à Hawaï ou dans des endroits reculés de Polynésie. La marque des propriétaires se retrouvait dans la taille du terrain sur lequel une seconde maison avait été construite. Ce qu'Ethan eût pris pour la maison des voisins était en fait une dépendance réservée aux enfants et aux invités. Dans la maison principale, le grand salon était meublé avec beaucoup de goût et présentait le bois sous toutes ses formes : table massive de bois blond, parquet cérusé, jolies statues indiennes teinte bergeronnette… L'intérieur était particulièrement chaleureux et il restait encore dans l'air une subtile odeur de feu de cheminée, datant d'un précédent week-end familial ou d'une surveillance zélée du gardien, que Juan Carlos accusait de squatter en son absence. Guillermo tomba amoureux de l'endroit en quelques secondes. Le salon s'ouvrait sur une terrasse en bois avec des canapés confortables garnis de coussins amovibles. Dans son prolongement, on trouvait l'inévitable barbecue et sa grille qui se descend et se remonte avec une manivelle pour une cuisson au plus juste.

Les chambres furent assignées et Alejandra avait du mal à cacher son excitation de se trouver avec deux hommes dans la seconde maison. Ses parents étant assez protecteurs, ils ne pouvaient envisager que leur fille invite des amis. C'est donc son frère qui occupait habituellement les lieux avec sa bande et Alejandra devait loger avec ses parents dans la maison principale. Un quart d'heure après avoir posé leurs sacs sur les lits, Alejandra, Ethan et Guillermo déambulaient sur la grande plage, longue de plus de quatre kilomètres. Pour les deux jeunes hommes, c'était leur découverte de cet aspect sauvage du Pacifique, beaucoup plus inhospitalier que la tranquille Méditerranée. Alejandra avait ordonné que tout le monde se mette pieds nus pour marcher dans le sable, ils se risquèrent à goûter l'eau, les pieds dans l'écume, voire à entrer plus avant, jusqu'à en avoir aux genoux. Le froid était tel qu'il insensibilisait instantanément les muscles à partir de la cheville. Ethan était fasciné par la multitude de petits oiseaux qui avançaient et reculaient au rythme du ressac, essayant de picorer de minuscules mollusques dans le sable chaque fois que la vague se retire. Le spectacle était particulièrement divertissant. Le long de la plage, des groupes de jeunes étaient regroupés en cercle, assis dans le sable. Tout ce décor faisait penser à une carte postale des Hamptons. Un détail étonna les deux touristes, les filles et les garçons ne se mélangeaient pas. Il émanait de cette situation originale un mélange de machisme et de féminisme également ; les deux groupes donnaient l'impression d'exister parallèlement sans avoir besoin l'un de l'autre.

Au bout de la plage, en empruntant le chemin côtier, on découvrait une île cernée de vagues puissantes qui dissuadaient tout bon nageur de s'y rendre. Au sommet, un arbre mort, refuge des pélicans et de centaines d'oiseaux, en contrebas, sur les rochers, quelques manchots de Humboldt qui marquaient une étape dans leur migration. Le site était à couper le souffle. En poursuivant sa route le long de l'océan, entre les rochers, on rejoignait une petite crique, la *playa* Las Cujas, où l'eau peu profonde avait des reflets caribéens. De retour à la maison, le trio était enchanté de son excursion. Juan Carlos les attendait sur la terrasse. Il fumait un cigare, un verre de bourbon à la main ; sur le sol, à sa droite un exemplaire du *Mercurio*, le grand quotidien chilien, parfaitement replié.

« Alors cette balade ? Que pensez-vous de notre joyau du Pacifique ? » Il invitait les Français à lui faire un retour, tout en sortant deux verres supplémentaires pour qu'ils partagent un peu son petit plaisir alcoolisé avec lui. Il était difficile de refuser.

« Ce soir, je vous emmène tous au Chiringuito car il faut absolument que vous découvriez les fruits de mer chiliens, introuvables en Europe. Je peux vous garantir que vous allez être surpris. » S'ensuivit une conversation à bâtons rompus sur l'ambiance préréférendum, le quotidien des pêcheurs de *locos*[30] ou la poésie de Pablo Neruda. Juan Carlos était un puits de sciences et discuter avec lui était toujours un bon moment, pour les passionnés d'histoire ou d'économie, ses sujets de prédilection. Pour les autres, il pouvait se révéler un peu ennuyeux à la longue. Alejandra, lassée d'écouter son père faire l'intéressant devant un auditoire conquis, regagna sa chambre pour lire, allongée sur son lit. Loreto revenait d'une balade avec des amies de Zapallar. Situé à environ quatre kilomètres de Cachagua, accessible

30. Sorte de crustacé dont les Chiliens et les Péruviens raffolent.

au choix par le chemin côtier ou la route, ce village était l'antithèse de l'endroit où ils résidaient. Autant l'une était sauvage, autant l'autre était urbanisée avec des maisons cossues, à l'américaine. Zapallar l'orgueilleuse, Cachagua la discrète, deux ambiances qui correspondaient parfaitement à deux sensibilités politiques distinctes entre droite et gauche.

Ethan laissa Guillermo discuter en famille et regagna sa chambre. Il voulait changer de chemise avant de partir au restaurant. En passant devant la porte entrouverte, il vit Alejandra, sur le ventre, lascive. Elle fit mine de ne pas remarquer Ethan qui l'observait. Il tentait de ne pas faire de bruit mais demeurait en arrêt devant cette jolie fille dont il découvrait la courbure des fesses. Préparant son effet de surprise, elle se retourna brusquement et le dévisagea. Ethan était rouge de honte et balbutia quelques mots maladroits. Elle le regardait et lui fit signe de la rejoindre. Ethan avait le cœur qui battait, tiraillé entre l'envie de regagner sa chambre au plus vite et terrifié par les éventuelles conséquences d'un baiser qu'il désirait. « Ethan ? Tu vas rester planté là ? Viens, je sais que tu en as envie. » Le jeune homme sentait ses tempes palpiter. Il prit la main qu'elle lui tendait et la tira vers lui, elle était maintenant debout, il sentait ses seins contre son torse, ils s'embrassèrent plusieurs fois sur la bouche avant que leurs langues s'unissent intensément.

La porte de la maison s'ouvrit avec le bruit caractéristique du bois qui grince. Ethan était en panique. Alejandra posa son index sur sa bouche pour lui signifier de se taire. Avec beaucoup d'aplomb, elle parla assez fort : « Merci de m'aider avec cette tringle [elle fit signe à Ethan de se rapprocher des rideaux, elle souriait avec malice]. Replace-la bien avec les anneaux. » Quand Guillermo passa sa tête dans l'encadrement de la porte, il surprit les deux bricoleurs qui semblaient se donner du mal pour fixer quelque chose. Alejandra se retourna vers lui.

« Heureusement qu'Ethan est venu m'aider pour remettre la tringle. Ce n'est pas le roi du bricolage, mais il est sympa », dit-elle dans un irrésistible sourire.

Guillermo avait quelques doutes quant à la situation d'autant plus qu'Ethan fuyait un peu son regard et faisait semblant de s'affairer sans être complètement crédible.

« Alejandra, tes parents ont dit qu'on partait dans vingt-cinq minutes pour le restau donc il faut que l'on se prépare.

— OK, c'est sympa de faire le messager, je serai prête. »

Elle raccompagna Ethan à la porte en le remerciant d'être venu l'aider à réparer cette fichue tringle.

Guillermo le fusilla du regard. Il était particulièrement énervé à l'idée que son ami séduise sa cousine. Pourtant il évita le sujet sciemment.

Le dîner fut un franc succès, les convives se régalèrent avec des fruits de mer et des poissons du jour succulents. Après les *piscos sour* d'usage, Juan Carlos leur choisit les meilleurs vins de la carte et ils enchaînèrent un malbec et un sauvignon blanc de haute volée. Tout était parfait jusqu'au dessert, où Ethan s'essaya au *dulce de leche*[31] sous diverses formes de desserts et notamment une sorte de mille-feuilles. La haute teneur en sucre eut raison de son estomac et il vomit en arrivant à la maison. Guillermo vit cela comme une vengeance divine et pensa que cela dissuaderait son ami de quelconque velléité de retrouver Alejandra nuitamment.

Le lendemain matin, Guillermo avait rendez-vous avec Arturo, un ami de Macarena qui était professeur d'histoire à l'université de Valparaíso. Il passait ses week-ends à Viña del Mar et l'occasion de le rencontrer tombait à point nommé car Cachagua était relativement proche. Macarena avait pensé à lui, il avait une très bonne connaissance de la période post-coup d'État pour avoir travaillé sur les profils de ceux qui avaient épousé les idées de la dictature et s'étaient révélés être des tortionnaires en puissance. Il s'était

31. Confiture de lait.

également intéressé aux nazis qui avaient fui l'Europe d'après-guerre. Il connaissait particulièrement le profil de Cristián Sanchez.

Arturo avait un physique de rat de bibliothèque avec un nez un peu busqué et des petits yeux noirs cachés par des carreaux épais. Il avait la peau assez terne des fumeurs, une teinte qu'il devait aussi à son exposition au soleil. Ce temps passé dans des salles de lecture à consulter des livres divers et variés expliquait enfin qu'il soit durablement célibataire. D'ailleurs, il vivait toujours chez sa mère. Contre toute attente, ce garçon insignifiant de prime abord prenait tout son relief lorsqu'il se lançait sur son sujet de prédilection. Son visage s'animait soudain, il devenait irrésistible. Ethan et Alejandra, qui accompagnaient leur ami, commençaient aussi à se passionner pour la quête de Guillermo. Aux questions posées par celui-ci, Arturo commença par confirmer un fait : « Cristián Sanchez est vivant. Je l'ai même vu en 1984, et son bras droit fonctionnait bien car il pouvait le tendre à quarante-cinq degrés et crier "*Heil Hitler*" ».

Il commença alors un long récit sur un événement qui l'avait marqué quatre ans auparavant. Un ancien nazi, Walter Rauff, était décédé des suites d'une longue maladie. Rauff avait gagné ses lettres de noblesse avec une innovation monstrueuse, les *Gaswagen*, sorte de chambres à gaz mobiles, utilisées pour tuer les juifs soviétiques. Il avait ensuite passé du temps avec l'Afrikakorps[32] au Moyen-Orient. Capturé par les Alliés, il avait réussi à fuir. Après une traversée compliquée de l'Europe, il avait gagné le Chili en plusieurs étapes. Une fois sur place, il avait suivi le parfait parcours d'intégration des anciens nazis. On l'avait vu dans le Sud puis il s'était installé dans la région métropolitaine de Santiago. Là, il avait immédiatement rejoint les rangs de mouvements d'extrême droite, tout en menant de front une carrière professionnelle et un engagement politique sans faille. Comme beaucoup de ses congénères au pedigree comparable, il avait été un allié utile de la dictature, qui le lui avait bien rendu. Le jour de son enterrement dans le cimetière de Recoleta, était réunie la fine fleur de cette petite communauté qui écoute nostalgique des chants de la Kriegsmarine[33] vendus en CD sous le manteau. Pour un ultime au revoir, certains s'étaient permis un salut nazi. Captées par la télévision chilienne, les images avaient beaucoup choqué. Cristián Sánchez était là, impeccable dans un imperméable couleur mastic…

« Est-ce que tu es sûr à cent pour cent que c'était bien Cristián Sanchez ?

— Oui, ça ne fait aucun doute, Tu sais, autant tous ces gars ont disparu des radars pendant les années 1960, de peur d'être découverts et traduits devant les tribunaux

32. Corps d'armée allemand qui prit part à la guerre du Désert, de 1940 à 1943.

33. La marine de guerre allemande de 1935 à 1945.

ou exfiltrés par le Mossad, autant ils sont sortis de terre au moment de la dictature. D'ailleurs, ils ont tous été relativement actifs pendant cette période. Quand tu mets en place toute une logique de terreur et de torture systématique, tu fais appel à des experts, dans l'inconscient collectif, les Allemands ont élevé l'obtention d'aveux au rang d'art.

— Et donc c'est forcément lui qui aurait torturé et tué mon père ? Parce que je l'ai appris d'une amie qui avait eu des aveux d'un autre gars de la DINA qui était présent au moment de sa mort. Je voudrais être sûr.

— Tout correspond bien, les lieux, les dates. Zéro doute. »

Arturo maîtrisait particulièrement bien son travail d'historien qui s'était construit sur la base de recherches froides, cliniques, sans affect. Se retrouver tout à coup face à face avec une victime collatérale était pour lui une situation inédite.

« Comment ce type s'en est-il sorti ? Comment peut-on couler une vie paisible au bout du monde sans jamais être inquiété ? Tu sais quoi de lui ? » demanda Guillermo.

Arturo reprit :

« La vérité, c'est que l'on ne sait pas grand-chose de son arrivée au Chili, si ce n'est qu'il a vécu en Argentine.

Il s'est installé un temps à Puerto Montt. En revanche, après c'est beaucoup plus facile de savoir ce qu'il a fait car il a rejoint Schäfer à la Colonia Dignidad.

— Colonia Dignidad ? Quelle horreur, le mec est vraiment un pourri. »

Alejandra avait rejoint la conversation car ce nom claquait comme un coup de fouet. Colonia Dignidad était une honte chilienne, une secte sombre qui mêlait anciens nazis et dictature pinochetiste. Arturo était invité à poursuivre son récit car tous voulaient l'écouter avec la plus grande attention. Il reprit un *pisco sour* car il savait qu'il allait avoir besoin d'un petit peu de temps. Il continua : « En fait, Sanchez a rencontré une sorte de gourou qui comme lui avait un passé nazi. Il a fait sa connaissance un peu par hasard à l'occasion d'un dîner à Puerto Montt et celui-ci lui a proposé de le rejoindre dans son projet messianique. Schäfer était ancien brancardier de la Wehrmacht et il avait obtenu de l'État chilien des terres pour créer une association allemande censée venir en aide aux victimes des tremblements de terre. C'étaient des luthériens conservateurs, ils accueillaient des familles allemandes, notamment un certain nombre qui avaient quitté leur pays au moment de la construction du mur de Berlin. Ça s'est révélé être une secte dirigée par un chef aussi charismatique que diabolique, Colonia Dignidad, c'était une sorte de camp, vivant en autosuffisance totale et dont il était impossible de sortir. Les activités de l'association n'ont ému personne pendant de longues années après le coup d'État. Pourtant les liens sombres entre les anciens nazis et la nouvelle dictature sont apparus au grand jour. La DINA a profité de la localisation très excentrée de la colonie pour en faire un centre de détention pour des prisonniers politiques. Je pense qu'il y a eu à peu près tout ce qui se faisait en matière de tortures d'opposants, jusqu'à la mort. La plupart de ceux qui sont passés par ce lieu lugubre, n'ont jamais été retrouvés. À ce moment-là, Sanchez avait déjà rejoint la capitale chilienne pour se consacrer à la chasse aux ennemis du régime en collaboration avec la police de Pinochet, mais il a gardé un lien privilégié avec ses anciens amis du Sud. C'est ce que laissent penser les envois de contingents de prisonniers politiques, jugés les plus durs, à l'établissement de Schäfer pour les "rééduquer". Il y a deux ou trois ans, il a coupé les ponts avec son ami car la réputation sulfureuse de la secte a fini par dépasser les frontières, et, bien que protégée par le régime militaire, Amnesty International a réussi à pressuriser le gouvernement chilien pour qu'il mette un terme définitif à cette infamie. En plus de la question politique liée à la torture, il y avait une question morale car nombre de témoignages convergeaient au sujet de la pédophilie assumée du gourou. Ainsi, alors que dans les souterrains de la Colonia Dignidad, on frappait, électrocutait, noyait, dans les étages, on violait des mineurs. »

Colonia Dignidad continuait d'exister alors que toutes les horreurs que l'on racontait semblaient avérées. Alejandra, qui prétendait bien connaître son Chili, était estomaquée par le récit d'Arturo tant elle découvrait des choses qu'elle ignorait. Quant à Ethan, il avait besoin de boire quelque chose de bien dosé en alcool.

« Arturo, c'est hyper-important, il faut que tu me dises ou je peux voir ce type. Je veux en savoir plus sur lui, connaître son âge, savoir où il habite… » Guillermo perdait un peu ses nerfs.

« Guillermo, ce que tu me demandes ne me paraît pas extrêmement compliqué. Au Chili, les anciens tortionnaires ne se cachent pas plus que ça dans la mesure où la dictature les protège. En revanche, je pense qu'ils auront du souci à se faire si la démocratie l'emporte à l'occasion du référendum, l'immunité dont ils bénéficient pourrait bien arriver à son terme. Mais concrètement, tu voudrais faire quoi ? »

Guillermo ne s'était pas vraiment posé la question, mais il avait la certitude qu'il devait se confronter à Sanchez. Il avait souvent culpabilisé de ne pas s'être intéressé à ce sujet familial et de ne pas avoir suffisamment insisté auprès de sa mère pour en savoir plus. Mais il savait également que cette absence de curiosité était volontaire car il n'avait jamais voulu remuer le traumatisme qu'elle avait vécu. À Santiago, la donne avait changé. Son parcours au Chili, les multiples rencontres, le fait d'en savoir chaque jour un peu plus sur son géniteur l'avaient ébranlé. Il souhaitait dorénavant aller au bout de sa quête. Guillermo et Ethan firent promettre à Arturo qu'il allait essayer de trouver l'adresse de Sanchez. Ils rentrèrent à Cachagua.

Santiago

Lundi 22 août 1988

La fin du séjour à Cachagua avait été agitée. Guillermo devenait obsessionnel : rien ne comptait plus que l'histoire de Cristián Sanchez. Il lui semblait qu'en s'absentant de Santiago il manquait quelque chose. Il s'était mis en tête d'aller voir ce fameux Sanchez pour, au choix, lui cracher au visage, lui casser la gueule, voire en finir avec lui. Il n'y avait pas de logique particulière dans ce qu'il souhaitait mettre en place, mais il voulait « voir sa sale tronche, les yeux dans les yeux » selon ses propres termes. Ethan essayait de le raisonner, mais Guillermo s'accrochait à cette idée. Ils se réunissaient souvent en conciliabules, isolés sur la plage ou au fond du jardin.

Il y eut de bons moments, dont une sortie en *mountain bike* sur les hauteurs de Cachagua, et une soirée dans une sublime maison de Zapallar avec des amis d'Alejandra, dignes représentants de la jeunesse dorée de Santiago. Il y avait eu une certaine curiosité avec l'arrivée des deux Français, mais les Chiliens de *clase alta* n'avaient pas l'intention de s'ouvrir à eux. Ils s'étaient vite regroupés entre anciens élèves. Seule Alejandra, passant de groupe en groupe, agissait comme un aimant pour la gent masculine mais sans provoquer de réaction de jalousie chez Ethan.

Ce qui avait intrigué Guillermo, c'est de voir à quel point ces jeunes étaient convaincus de l'issue positive du référendum pour le pouvoir en place. En discutant avec les uns et les autres, Guillermo comprit qu'ils ne semblaient pas se rendre compte à quel point cette junte était maintenant installée dans le paysage au même titre qu'un gouvernement démocratique. Le temps avait fait son œuvre et le pouvoir du général Pinochet s'était institutionnalisé pour s'ancrer dans la réalité chilienne. Guillermo et Ethan avaient quand même pu discuter avec un francophile fasciné par la France. Il avait fait preuve d'une grande érudition sur les guerres napoléoniennes, ce qui eut pour effet de lancer Guillermo dans une discussion endiablée.

C'est le moment que choisit Ethan pour laisser les spécialistes débattre. Il chercha du regard Alejandra. Il y avait bon nombre de jolies filles, mais c'est elle qu'il voulait. Il la trouva sur la terrasse, regardant les vagues de l'océan se briser sur les rochers en contrebas. Il y avait du vent et l'immense baie vitrée n'était qu'entrouverte. Il se faufila à l'extérieur, sachant qu'elle ne pouvait l'entendre s'approcher. La terrasse gigantesque était déserte car les invités préféraient fumer de l'herbe en musique et au chaud. Ethan passa ses bras autour de la taille d'Alejandra. Elle savait que c'était lui et tourna la tête vers la gauche à angle droit pour qu'il l'embrasse. Ce baiser avec vue sur le Pacifique était divin, loin des yeux de Guillermo, leur chaperon, trop occupé à refaire le monde.

En rentrant à Santiago le lendemain, tout le monde était épuisé, conséquences physiques d'une nuit trop arrosée, et d'une surcharge émotionnelle, ils dormaient dans la voiture comme des enfants. Loreto et Juan Carlos étaient attendris et commençaient à penser au vide que laisserait le départ des Français, qui abordaient leur dernière semaine en terre chilienne.

Guillermo commençait à stresser car s'il avait eu beaucoup de rendez-vous intéressants, et qu'il avait bien ébauché son rapport, il lui restait encore beaucoup de travail. Il utilisait le Macintosh que lui prêtait Juan Carlos, et prenait soin de tout enregistrer sur disquette, quand il ne pouvait aller à la salle informatique à la Católica.

Il avait notamment eu des réunions passionnantes avec des publicitaires qui préparaient la campagne pour le référendum. L'enjeu était de taille car les deux camps débutaient leur mobilisation. Guillermo était impatient d'entrer en contact avec toute la complexité de cette société chilienne tiraillée entre conservatisme et progressisme après quinze ans de dictature. Le général Pinochet et son gouvernement militaire s'étaient inscrits dans le paysage latino-américain, le Chili restait certes peu fréquentable mais en avait fini avec ses coups d'éclat, dont le paroxysme avait été atteint en 1976, avec l'assassinat, en plein Washington, D.C., de l'ex-ministre socialiste d'Allende Orlando Letelier. Un attentat à la voiture piégée avait été l'excès de trop d'une DINA qui se sentait intouchable à la suite de l'activation du plan Condor. L'allié américain avait très mal pris la chose et le Chili avait compris le message. Désormais, la junte ne pouvait pourchasser ses opposants en dehors de ses frontières comme cela avait été le cas à Rome ou à Buenos Aires.

C'est à l'université qu'il retrouva Javier pour discuter. Le vol du retour était en effet programmé pour le lundi 5 septembre, il ne fallait donc pas traîner, et cocher toutes les cases de cette dernière partie de séjour. Guillermo avait encore deux ou trois rendez-vous importants, dont l'un d'eux avec un sénateur démocrate-chrétien, qu'il se devait de préparer. Pourtant, il en vint directement aux faits qui le taraudaient. « Javier, en parlant avec Maca, et en ayant vu Arturo, le petit génie de l'histoire du Chili et de ses liens avec les réfugiés nazis, j'ai découvert quelque chose que je n'aurais pas dû découvrir : visiblement, vit à Santiago un certain Sanchez qui aurait torturé Papa… » Guillermo se surprit à appeler son père « Papa ». Il avait l'impression de ne jamais avoir fait référence à lui avec cette expression familière. « Je sais que cela peut te paraître un peu dingue, mais j'aimerais me confronter à ce type. Je t'avoue que je ne sais pas trop pourquoi. J'ignore comment faire ça. »

Javier ne pouvait se résigner à soutenir cette idée folle tout en étant intrigué par la curiosité et la témérité de Guillermo. La partie la plus difficile de l'opération consistait à localiser Sanchez et cela exigeait d'effectuer plusieurs recherches et de graisser la patte à quelques fonctionnaires. Javier avait de nombreuses relations dans l'administration et même s'il n'était pas facile d'y afficher ses opinions politiques, une majorité silencieuse cultivait des idées de gauche. Toutes les opportunités de nuire aux partisans de la dictature étaient les bienvenues. Il s'engagea corps et âme à trouver l'adresse de Sanchez et à en savoir plus sur ses habitudes, son entourage, etc. Javier, bien que velléitaire – c'était l'un de ses traits de caractère –, était capable, par intermittence, de faire mentir sa nature et pouvait se montrer d'une capacité d'action explosive.

Ethan, s'il aidait son ami autant qu'il le pouvait mais ne négligeait pas non plus de profiter de Santiago, déambulait dans la ville quand il avait du temps. Il était très heureux de passer des moments avec Alejandra et les deux amants discrets se retrouvaient dans les squares arborés sur le Cerro Santa Lucia. À l'instar des Buttes-Chaumont à Paris, le quartier offrait une jolie vue sur la ville. Les chemins qui permettaient d'y accéder étaient soignés et l'ensemble avait de l'allure. Alejandra, ayant peu d'heures de cours, voulait profiter au maximum de son amoureux français. Elle était suffisamment clairvoyante pour savoir que cette historiette n'aurait pas de lendemain. L'éloignement se doublait d'une raison confessionnelle. Elle avait eu un jour des échanges un peu surréalistes avec son père, qui lui avait expliqué un certain nombre de règles avec lesquelles il ne fallait pas transiger. L'une de ces règles était l'obligation d'épouser un catholique. Paradoxalement, ce diktat familial lui permettait de concevoir sa relation avec Ethan avec beaucoup de recul.

Les jours passaient et la tension montait doucement dans la capitale chilienne au fur et à mesure que les discussions sur le référendum allaient bon train. Guillermo était satisfait de la quantité d'éléments et témoignages qu'il avait pu compiler. Il était particulièrement confiant de la qualité du travail qu'il allait fournir et de l'intérêt qu'il allait susciter. Il se voyait déjà présenter son travail au corps professoral puis en amphithéâtre devant ses coreligionnaires. Son rêve ultime était bien évidemment de se créer une petite notoriété doublée d'une crédibilité suffisante pour se faire inviter sur des plateaux de télévision ou des radios pour intervenir comme expert au moment du vote. S'il n'était pas sûr de pouvoir être interviewé sur TF1, la Cinq, qui manquait souvent d'intervenants, pouvait être une option intéressante.

Javier le rappela après plusieurs jours, il avait du nouveau. Un véritable travail d'enquêteur lui avait permis de localiser Sanchez. Par chance, il s'était mis en contact avec un curé qui avait été responsable de la paroisse de Pirque[34]. Le *padre* Baptista était un personnage haut en couleur comme peuvent l'être les ecclésiastiques d'Amérique latine, c'est-à-dire quelqu'un de direct et ouvert. Il avait une façon très joyeuse de vivre la religion et très éloignée de l'approche un peu culpabilisante que l'on peut avoir en Europe. Le prêtre avait eu quelques contacts et discussions houleuses avec Sanchez car celui-ci avait été l'un de ses paroissiens. Sanchez avait évidemment été élevé dans la foi luthérienne, mais il s'était dit qu'il aurait intérêt à épouser le catholicisme pour s'intégrer. À son arrivée, il invitait le *padre* à dîner, environ trois fois par an, il aimait discuter avec lui. Pourtant Baptista avait immédiatement compris que Sanchez avait beaucoup de choses à cacher. Il s'était donc mis en tête de guider cette brebis égarée sur les chemins de la rédemption. Sanchez étant quelqu'un de très prudent, il se livrait peu. Il s'arrangeait avec la

34. Une des trois communes de la région métropolitaine de Santiago.

vérité, mais un jour il se laissa aller à une confidence en mentionnant le temps qu'il avait passé à Colonia Dignidad. Cela avait achevé de convaincre l'homme d'Église de sa conception déviante de la religion. Ce qui le choquait le plus, c'était qu'il refuse la confession. C'est d'ailleurs cela qui avait mis un terme à leurs contacts. Sanchez s'était emporté lors d'une discussion et avait chassé Baptista *manu militari*. Il avait même décidé de ne plus se rendre à l'office à Pirque.

Le *padre* en avait conservé une rancœur tenace, convaincu qu'il y avait du mal en lui, qu'il cachait un passé trouble et refusait de faire amende honorable et d'avouer ses péchés. Quand Javier avait commencé à lui exposer la situation, il avait ressenti de l'empathie pour Guillermo, qui avait entrepris ce voyage pour se confronter à son histoire familiale. Lorsqu'il avait voulu recueillir des informations précises, Baptista n'avait pas rechigné à donner des détails. Il savait beaucoup de choses sur le mode de vie solitaire de Sanchez. Il avait bien une femme de ménage qui venait trois fois par semaine de La Pintana[35]. Il voyait peu de monde et avait l'habitude de rester seul le week-end. Le samedi matin, il prenait sa voiture pour faire trente minutes de route et aller marcher deux bonnes heures dans le parc national Río Clarillo. Il partait toujours sac au dos,

35. Quartier populaire de Santiago.

avec un casse-croûte pour le déjeuner. Il était en général de retour vers dix-sept heures. Le soir, il recevait des amis, ou se préparait une soupe et regardait un film. Féru de cinéma, il s'était constitué une impressionnante collection de cassettes vidéo, avec un goût particulier pour les films américains des années 1950, l'âge d'or de Hollywood. Il pouvait également lui arriver de passer la soirée avec une fille aux prestations tarifées. Le dimanche, il restait en général chez lui pour de longs moments de lecture, de jardinage et écouter de la musique. Il sortait pour aller s'acheter des *empanadas* pour le déjeuner et terminait la journée dans un bar avec le journal *El Mercurio*. De ses dîners avec Sanchez, le *padre* avait retenu toute une foule de détails forcément utiles. Il les avait partagés avec Javier, qui était dorénavant incollable sur la routine de Sanchez. Il devait donc convoquer Guillermo pour comprendre ce qu'il avait derrière la tête. Ils se retrouvèrent tous les trois avec Ethan dans un *biergarten*, à Providencia, près du domicile de Javier, où l'ambiance était plutôt sympathique. Javier était allé faire un tour en voiture pour une reconnaissance préalable à Pirque et connaissait donc la topographie des lieux. C'est lui qui parla en premier :

« Bon, les gars, vous êtes donc bien motivés pour rendre une petite visite de courtoisie à une vieille charogne pinochetiste, c'est bien ça ?

— C'est exactement ça Javier, je veux voir ce mec en face pour qu'il me raconte un peu ce qu'il a fait.

— Eh bien, je pense que cela va être faisable. Votre type habite à Pirque, une petite ville de campagne assez paisible qui se trouve en lisière de la cordillère après Puente Alto. Sa maison est assez isolée le long d'une route au bout de laquelle se trouve une espèce de garage pour des engins agricoles. Il n'y a pas d'activité à partir du samedi quatorze heures. Si vous voulez, on pourrait y aller ce week-end et l'attendre au retour de sa balade en montagne. Je vous emmène en voiture. Vous voyez, les gars, rien de bien compliqué. »

Présenté de cette façon, le tandem ne pouvait que se satisfaire d'une logistique simple et d'un dispositif assez discret. Ethan voulait être solidaire avec son ami et il comprenait que celui-ci veuille se confronter avec la personne qui avait tué son père. Pourtant, il doutait un peu de l'issue d'une telle rencontre. Il subissait l'influence d'Alejandra, dont il découvrait le progressisme et la défiance à l'égard du régime. Elle était admirative de Guillermo et de sa ténacité à se confronter à l'assassin de son père.

Javier, quant à lui, semblait aussi retrouver du poil de la bête. Lui qui avait survécu, sans faire de vagues, alors que tant de camarades avaient souffert ou étaient morts. C'était peut-être le moment pour lui de leur rendre hommage, de faire une action mémorable. Le retour du fils de José Luis l'avait comme réveillé.

Il fut décidé que Javier passerait les prendre samedi à dix-sept heures. Les deux amis restèrent à discuter, ils voulaient échanger sur la préparation de cette confrontation avec Sanchez.

« Ethan, je voulais te remercier de m'aider dans cette aventure. C'est fantastique de pouvoir compter sur un copain. Tu dois me prendre pour un taré, c'est vrai que je ne sais pas trop ce que je fais. Depuis que j'ai posé le pied ici, j'ai l'impression de ne pas avoir quitté ce pays. À force d'écouter les uns et les autres me parler du *golpe*, de la dictature, de la trajectoire de mon père, j'ai le sentiment d'avoir vécu tout ça. En fait, je suis un vrai *chileno*. »

Ethan éclata de rire.

« T'es pas du tout un *chileno*, t'es un bourgeois de la rive gauche qui se tape une fille d'aristo.

— Tu es con, pour une fois que je suis sérieux.

— OK, tu as raison. Je vais t'étonner si je te dis que je crois ressentir la même chose que toi. Chaque fois que je suis allé en Israël, j'ai ressenti un truc super-fort. Comme si j'étais de retour chez moi… Alors que je n'y ai jamais vécu. Ces trucs-là c'est dans ton sang, ça ne s'explique pas.

— En tout cas je suis tellement motivé, j'ai envie de voir la gueule de ce mec. J'ai envie de lui hurler que je suis le fils de José Luis Inostroza, qu'il me regarde !

— Enfin ça reste bien hypothétique. Il faudra qu'on ait un peu de cul pour se retrouver avec lui et il faudra éviter de faire n'importe quoi. Comme dit Hannibal Smith[36] : "J'adore les plans qui se déroulent sans accrocs."

— Qu'est-ce que tu veux qu'il fasse de toute façon, appeler les *carabineros* pour leur dire : "C'est affreux, un petit salaud dont j'ai torturé et tué le père est venu me voir chez moi un samedi soir et m'a posé des questions embarrassantes ?" Ce serait un comble. Quoi qu'il en soit, les anciens nazis ne sont plus en odeur de sainteté au Chili. Le régime militaire veut donner des gages à la communauté internationale et n'a aucune envie de s'embarrasser de tous ces gars qui font tache.

— OK, je me fais des nœuds au cerveau pour rien. Vivement samedi. »

Les verres aidant, Nathan et Guillermo avaient complètement dédramatisé ce qu'ils étaient en train d'échafauder : s'introduire chez un criminel de guerre potentiellement extrêmement dangereux.

---

36. Chef d'équipe de *L'Agence tous risques* (série des années 1980).

« Au fait Guillermo, on se présente comment ? Je veux dire, une fois qu'on a sonné à la porte, on dit quoi ?

— Tu n'auras qu'à expliquer qu'on est des anciens de Colonia Dignidad et que l'on nous a communiqué son adresse pour qu'il nous donne un coup de main pour trouver du travail ou un truc du genre. On improvisera. Je suis sûr que ça va bien se passer. »

Ils se devaient de rentrer à Las Condes, car Loreto avait tenu à organiser un *asado* en leur honneur, une sorte de pot de départ anticipé car Juan Carlos devait s'absenter le vendredi et passer le week-end dans la région de Santa Cruz pour assister à un colloque sur la culture viticole. Il avait donné des instructions pour que soit servi du *pisco sour* en abondance et du bon vin. C'était également l'occasion de remercier toutes les personnes qui avaient donné un coup de main à Guillermo pour la rédaction de son mémoire. En dehors des officiels – plusieurs professeurs d'université et un sénateur –, Alejandra s'était chargée de faire les invitations des jeunes.

Ethan se serait bien passé de revoir des visages croisés à Cachagua ou lors de dîners qu'il avait jugés un peu ennuyeux, mais il comprenait qu'Alejandra avait besoin de se reconnecter avec son groupe d'amis d'autant plus que son « chouchou » français était sur le départ. Il y avait une cinquantaine d'invités et le jardin avait fière allure. Loreto s'était employée à faire les choses avec goût, elle avait la réputation de très bien recevoir. De grandes tables nappées de blanc accueillaient les buffets. Des *parrilleros*[37] portant des tabliers de cuir s'affairaient à cuire la viande. On sentait Juan Carlos particulièrement frustré de ne pouvoir intervenir lui-même. On constatait à sa mine renfrognée qu'il ne cautionnait pas complètement les temps de cuisson et il jugeait le *chimichurri*[38] moins réussi que lorsqu'il s'en chargeait. Loreto vint le saisir par le bras et lui dit avec tendresse :

« Mon chéri, bien sûr que c'est toi le meilleur, mais ce n'est pas le jour pour que tu passes deux heures devant ta grille à surveiller la viande. Va t'occuper de tes invités, je suis sûre que certains ont leur verre vide.

— Tu as raison, mais je te parie qu'ils vont trop cuire les *entrañas*[39]. En tout cas, qu'un invité ait un verre vide chez moi, ce n'est pas demain la veille. »

Elle sourit alors qu'il s'empressait de rejoindre le bar pour vérifier que l'alcool coulait à flots. Loreto avait cette présence discrète, cette façon assez touchante de montrer par des petits gestes ou de simples

37. Préposés au barbecue.
38. Sauce d'accompagnement argentine.
39. Morceau de bœuf coupé très fin.

regards combien elle était éprise de son homme et veillait sur lui.

Guillermo se sentait obligé de papillonner et de remercier un par un ceux qui l'avaient reçu ou aidé. Par solidarité avec son ami, Ethan l'accompagnait dans ce petit tour de piste, pensant égoïstement que plus cette séquence serait exécutée rapidement, plus ils auraient de temps à consacrer à leurs hôtes qui commençaient à danser un peu au bord de la piscine. Ethan ne connaissait malheureusement pas la propension des Chiliens, quelle que soit leur classe d'âge, à rester jusqu'au bout de la nuit pour peu qu'il y ait à boire et à manger. Heureusement pour lui, un maître de conférences en droit public de la Católica les libéra en les admonestant d'aller s'amuser au lieu de rester avec ceux qu'il appelait les « vieux raseurs ». Ethan ne se fit pas prier pour rejoindre le groupe des jeunes. Alejandra illuminait la piste de danse car elle se trémoussait moulée dans une jolie robe pastel. Il se mit en face d'elle et entreprit des passes de rock qui n'avaient rien d'académique et sans vraiment respecter le rythme, mais il tenait à être près d'elle et à signifier par la même occasion à la petite troupe que jusqu'à son départ, la belle brune lui appartenait. L'ambiance était très bonne, tout le monde était venu pour s'amuser.

Guillermo, quant à lui, restait un peu en dehors de cette ambiance festive. Voyant la fin de son séjour approcher, il était déjà nostalgique. Avoir découvert son pays, sa culture, la gentillesse de ceux qu'il avait croisés l'avait ébranlé. De Paris, le Chili n'était qu'un lieu exotique avec lequel il n'avait aucun lien particulier si ce n'est ce qu'on lui en avait raconté. C'était le pays de sa mère et de son inconnu de père. En revanche, vivre quelques semaines ici lui avait ouvert les yeux sur un pan de sa famille et de son histoire. Il fut néanmoins interrompu dans ses rêveries car Juan Carlos s'était approché du DJ (un ami d'Alejandra qui mixait à ses heures, sans grand talent) pour s'emparer du micro. Un puissant effet Larsen servit d'introduction à son propos. Il avait été rejoint par Loreto et commençait donc un discours improvisé. « Bonsoir tout le monde, j'espère que vous allez tous bien et profitez de cette belle soirée. Si le vin est mauvais, je présenterai ma démission de toutes mes responsabilités sur-le-champ car il me faudra changer de métier. Je vais appeler Guillermo et Ethan à mes côtés car ce sont eux les grands héros du moment. [Il les montra du doigt en leur faisant signe de le rejoindre et continua.] Quand une cousine, qui a quitté depuis longtemps notre beau pays pour des raisons qui lui sont propres nous a demandé d'accueillir son fils et l'un de ses amis pendant leur séjour à Santiago, je dois avouer que je trouvais que ce serait un peu long. Mais vous connaissez tous la force de persuasion de ma chère Loreto, ajouta-t-il en lui jetant un regard plein de sous-entendus. Alors nous avons accueilli ce cousin du bout du monde, ce Chilien qui ne connaissait rien du Chili ou si peu… Mon cher Guillermo, t'avoir chez nous a été un privilège. J'espère que ce que tu as découvert ici a réveillé quelque chose. Certes, nous sommes au bout du monde entourés de sommets de six mille mètres et d'un océan qui n'a de pacifique que le nom. Oui, nous vivons sous un régime militaire qui devra nécessairement évoluer à très court terme et pourquoi pas dans quelques mois. Mais nous, les Chiliens, au-delà de nos différences et des cicatrices de notre passé, nous sommes un peuple, une nation unie. Tu seras toujours le bienvenu dans ta famille chilienne et ta maman aussi. *¡Viva Chile !* »

Les invités applaudirent même s'ils avaient un peu de mal à appréhender l'envolée lyrique finale. Loreto était quant à elle assez émue par les mots de son mari et son message de réconciliation et de tolérance pertinent pour toutes les familles chiliennes. Enfin, elle comprenait qu'il allait sans doute voter *No* au référendum et cette perspective la réjouissait. Comme il n'avait pas eu un seul mot pour Ethan, mais pouvait-il en être autrement quand on connaît la défiance des pères envers les petits amis de leur fille, Loreto se sentit obligée de dire quelque chose. « Guillermo et Ethan ont été des hôtes formidables et ont fait l'unanimité, considérez-vous comme des Alvarez Vicuña, ici ou à Cachagua. Vous êtes chez vous. » À tour de rôle, Guillermo et

Ethan dirent un mot de remerciement, mais ils firent court car l'un et l'autre avaient un peu trop bu pour garder une certaine contenance.

Guillermo constata que Hernan venait d'arriver. Il était sensible au fait que les Alvarez Vicuña aient fait signe aux vieux copains de son père même s'ils dénotaient un peu dans cette assemblée très comme il faut.

« Salut Hernan, tu es vraiment gonflé de te pointer avec deux heures de retard.

— Relax Guillermo, les Chiliens sont toujours à la bourre, ils ne répondent jamais aux invitations, viennent sans prévenir et on est obligé de les chasser pour qu'ils partent. C'est culturel chez nous. [Il éclata de rire.] En tout cas, c'est très sympa le mot de ton oncle, il vous adore. Je pense que cela vient clôturer une sacrée expérience pour vous. Vous en aurez vu, des choses. Tu me feras lire ton mémoire car je suis sûr que ce sera passionnant. En plus, tu t'es reconnecté avec tes racines. J'espère que ça permettra d'apaiser un peu tes sentiments envers ton père. Tu ne savais rien de lui, je suis certain que tu repars avec quelques certitudes.

— Oui Hernan, ce voyage a été incroyable à bien des égards, mais je pense que comme tu le sais, on va atteindre le point culminant de tout ça en rencontrant Sanchez. Là seulement, je me sentirai complètement en paix avec moi-même.

— Je comprends, mais tu ne dois pas en attendre trop non plus et surtout, ne faites pas de conneries. Ce type n'est pas un grand-père paisible.

— Je sais, je sais, mais je t'avoue que je suis impatient de voir sa tête de tortionnaire. »

Santiago

Samedi 3 septembre 1988

La nuit avait été agitée pour Guillermo et Ethan, à tel point qu'ils s'étaient même réveillés simultanément vers trois heures du matin. Cela n'était pas dû à un dîner trop arrosé car ils s'étaient contentés de quelques *ceviches* dans un boui-boui péruvien. Ce qui les avait tenus éveillés, c'était le stress et la perspective de rencontrer Sanchez le lendemain. Ils ressassaient et ressassaient en boucle ; Guillermo se demandait si cette idée un peu folle devait être menée à son terme. C'est paradoxalement Ethan qui le soutenait dans son initiative. Guillermo n'envisageait même pas que Sanchez change sa routine, qu'il s'éloigne de Santiago pendant le week-end. Il savait qu'il allait le rencontrer. Ce moment serait le point d'orgue du séjour. Ils discutèrent assez longtemps ensemble en guise de bilan de leur séjour en se remémorant les bons moments passés tous les deux, déjà nostalgiques. Ils se rendormirent jusqu'à l'heure du petit déjeuner ou plutôt bien après. Toute la maison vaquait à ses occupations en ce début de week-end.

Amalia, la gouvernante, avait fait des pancakes servis avec du *dulce de leche*… L'absence de Juan Carlos avait motivé Alejandra et sa mère à entreprendre une grande journée shopping entre filles. Elles étaient prêtes à dévaliser les magasins de mode, toutes les deux assez apprêtées. L'irruption des Français, hirsutes et en tee-shirt, paraissait en décalage, mais ils avaient pour seul engagement de la journée de « rendre visite à un ami à la campagne » selon la version officielle. Tout leur était donc pardonné. Sans se douter de rien, les filles de la maison expliquèrent qu'elles déjeuneraient au restaurant avec d'autres amies et que les garçons devaient se gérer seuls.

Guillermo et Ethan avaient décidé de profiter de la maison, sans se soucier outre mesure. Ils voulaient juste aller faire deux ou trois courses pour rapporter quelques souvenirs. Ils avaient été tellement occupés qu'ils en avaient un peu oublié tous ceux qui les attendaient en France. Bien sûr, il y avait eu quelques appels téléphoniques de Guillermo pour raconter à Diane à quel point il aimait le Chili et elle lui manquait. Compte tenu du prix des communications, les échanges étaient particulièrement rapides. De fait, la distance avait renforcé les convictions de Guillermo. Il avait beaucoup pensé à Diane pendant son séjour et s'était surpris lui-même à se laisser aller à une certaine mélancolie. Il avait pour elle des sentiments très forts et voulait croire que c'était réciproque. Il avait également appelé sa mère à plusieurs reprises, mais il avait senti chaque fois comme une espèce de gêne. Dès qu'il commençait à entrer dans le détail de ses impressions ou rencontres au Chili, sa mère semblait chercher à abréger la conversation. Elle invoquait toujours une excuse. Guillermo comprit qu'elle réagissait de façon épidermique, comme si elle ne voulait plus rien savoir de son pays.

Ethan, quant à lui, avait réussi deux fois à parler à son frère et sa sœur. Sans surprise, le premier se contentait de lui demander des détails insignifiants de sa vie sur place et Déborah s'il avait « scoré avec des locales ». Le sujet des conversations l'avait convaincu de ne pas réitérer trop souvent les appels. Mais aujourd'hui, Ethan et Guillermo pensaient à leurs proches parce qu'ils avaient l'impression que quelque chose allait se passer.

Après un copieux petit déjeuner, ils étaient allés dans le centre de Santiago acheter des babioles en lapis-lazuli, un plaid, une écharpe en alpaga et un tee-shirt de la U pour Benjamin. De retour à la maison, ils attendaient que Javier vienne les chercher. Étonnamment pour un Chilien, il arriva à l'heure. Il conduisait un pick-up blanc des plus rustiques Il s'arrêta devant le Isidora Goyenechea 3144 et les deux amis montèrent à bord.

« Un taxi pour aller à Pirque, messieurs ? leur lança-t-il d'un air amusé.

— Si la course est gratuite, on monte », lui répondit Guillermo.

Ils s'installèrent dans la voiture et Javier démarra. Ils quittèrent le quartier résidentiel de Las Condes. C'était un samedi après-midi habituel avec bon nombre d'échoppes fermées, il y avait donc peu d'animation, mais la traversée des communes populaires de Santiago permettait de se rappeler le niveau de pauvreté de la population. Pour se rendre à Pirque, il fallait aussi passer par les quartiers pauvres de Puente Alto. Bordant des rues en terre, de petites maisons faites de planches en aggloméré ou matériaux de récupération et coiffées de tôle ondulée. Tout y semblait paisible : quelques anciens discutant assis sur des chaises de jardin en plastique aux couleurs de Coca-Cola, des enfants jouant au football ou courant dans les rues en terre… Et bien évidemment une multitude de chiens errants, dont un bon nombre d'éclopés. C'était un concentré de ce Chili très populaire, bien loin de la vie des élites.

En sortant de La Pintana, on sentait que les zones d'habitations devenaient plus clairsemées, transition naturelle entre la ville et la campagne. La route était bordée de zones en jachère avec çà et là une cabane de vendeur de fruits et légumes. Et puis c'était l'arrivée à Pirque, avec son petit centre, quelques boutiques fermées, une station essence. Le paysage était assez joli en cette fin de journée. La route se poursuivait en s'enfonçant plus avant en direction de la montagne. Elle était maintenant bordée de maisons plus spacieuses avec des petits terrains. Ils tournèrent en direction des *majadas*, une fantaisie architecturale du début du siècle. Après quatre cents mètres, Javier réveilla Ethan qui somnolait pour leur annoncer qu'ils allaient passer devant la maison de Sanchez, située sur leur gauche. En un instant, l'escapade bucolique avait pris fin. On sentait une certaine forme de gravité dans la voiture. Guillermo et Ethan posèrent la même question en simultané.

« Elle est où, cette baraque ?

— Regardez à gauche, il y a une maison de deux étages avec un petit porche devant la porte d'entrée, ensuite, comme un champ et une maison de plain-pied de couleur blanche, avant le petit bosquet. C'est celle-là et il y a de la lumière, donc il est là. D'ailleurs on voit son pick-up rouge. [Il s'interrompit.] Putain.

— Quoi "putain", Javier ? C'est quoi le problème ?

— Le problème, c'est qu'il y a une autre bagnole, une Chevy, donc il y a quelqu'un chez lui.

— Bordel Javier, tu fais des reconnaissances, tu nous dis que le mec est tout le temps tout seul et là, le jour où l'on débarque il y a quelqu'un chez lui. »

Javier trouvait qu'ils surréagissaient un peu et leur demanda de retrouver leur calme. « On va se garer et voir ce qui se passe, rien ne nous dit que cette personne va rester la nuit ici. » Il continua jusqu'à l'endroit qu'il avait repéré pour se garer, un terrain sur lequel un hangar accueillait des engins agricoles protégés par une grille fermée et sur la droite un auvent sous lequel était stationné ce qui ressemblait à une épave à l'abandon recouverte par une bâche poussiéreuse. Ils étaient à deux cents mètres de la maison. Javier éteignit le moteur, l'habitacle était silencieux. La nuit commençait à tomber et cette ambiance entre chien et loup avait quelque chose de mystérieux. Il n'y avait pas un bruit à l'extérieur si ce n'est un ou deux corbeaux de l'autre côté de la route qui semblaient se disputer de la nourriture.

Ethan reprit la parole le premier. « Bon, de toute façon on est là. On est psychologiquement prêts donc je suggère que l'on s'approche de la maison, on essaie de voir à l'intérieur qui il y a et on avise. Quoi qu'il en soit, avec la pénombre, je doute que l'on nous voie. » Ils sortirent tous les trois de la voiture en faisant attention de ne pas claquer les portes. Alors qu'ils s'approchaient de la maison en file indienne, ils entendirent un bruit de moteur et virent sortir la Chevrolet, dont ils purent distinguer les feux arrière dans un halo carmin. Elle prenait la direction du village. Soit Sanchez était dans la voiture et tout tombait à l'eau, soit il ne s'agissait que du départ de son visiteur. Ils allaient être très vite fixés.

Dans la mesure où la maison était tout en baies vitrées, il était facile de découvrir ce qui se passait à l'intérieur. Sanchez était seul, il rapportait un plateau à la cuisine sur lequel étaient placés deux verres et une bouteille de vin blanc. Il posa le plateau sur le plan de travail et commença à nettoyer les verres avec soin. La scène avait quelque chose de grotesque, comme si trois enfants faisaient de l'espionnage chez un voisin. Ethan se rapprocha de Guillermo et chuchota : « On sait qu'il est seul donc on a une fenêtre de tir, c'est maintenant. À toi de jouer. » Ils ressortirent du jardin sur la pointe des pieds pour pouvoir y entrer à nouveau de façon visible et naturelle.

Guillermo fit un signe de la main à ses amis pour leur demander de rester immobiles. Il se devait de reprendre son souffle car il sentait le stress monter. La perspective de se confronter au bourreau de son père le glaçait. Ethan en prit conscience. Il lui posa la main sur l'épaule pour lui signifier qu'il fallait passer à l'action. Guillermo prit sa respiration et alla sonner à la porte. Il entendit les pas de Sanchez se rapprocher, celui-ci entrouvrit la porte, elle était maintenue par une chaînette.

« Bonsoir, qui êtes-vous et que voulez-vous ? demanda Sanchez dans un espagnol un peu guttural. »

C'est donc naturellement que Guillermo lui répondit en espagnol.

« Bonsoir *señor* Sanchez, nous venons de Colonia Dignidad, votre ami Paul Schäfer nous a donné vos coordonnées pour avoir un contact dans la région métropolitaine pendant les quelques jours que l'on passe ici, malheureusement le numéro de téléphone n'était pas le bon. On a eu la possibilité de se faire prêter une voiture, on a décidé de passer vous voir, mais on ne veut pas vous déranger.

— Vous avez eu un bon de sortie ? C'est plutôt original car il n'est pas simple de quitter Colonia. Vous savez, je ne loge plus temporairement les pensionnaires, mais entrez, qu'on en discute. Vous êtes garés où ? Mettez-vous devant la maison.

— Ne vous inquiétez pas, on va laisser la voiture dehors, il ne va rien lui arriver. »

Sanchez repensait à ses années à Colonia Dignidad, à l'esprit pionnier des débuts et à cette ambiance si particulière. Il était curieux de découvrir comment les choses avaient évolué et voulait également avoir des nouvelles de Schäfer.

« Asseyez-vous, je peux vous proposer un verre de vin blanc ou de l'eau. Mais je manque à tous mes devoirs, je ne vous ai pas laissé vous présenter.

— Je suis Juan, lui c'est Andres et lui Victor. Nos parents sont chiliens, ils vivaient près de Colonia et ils en avaient entendu du bien. À l'époque, c'était l'unique hôpital de la région. Ils ont pensé que ce serait bien pour nous de suivre une éducation de qualité.

— Mais vous ne parlez pas allemand ? »

Guillermo jeta un regard à Ethan, qui se trouvait complètement extatique, comme hypnotisé par Sanchez. Depuis qu'ils étaient assis en face de lui, il n'avait pas émis le moindre son et fixait leur interlocuteur. Si Sanchez ne se concentrait pas sur les réponses à donner à Guillermo, il aurait pu se sentir gêné. Comme s'il avait perçu le regard appuyé de son ami, il sortit néanmoins de sa torpeur et s'exprima dans un très bon allemand, langue qu'il avait choisie comme première langue vivante au lycée.

« Bien sûr que nous comprenons l'allemand, Herr Sanchez, mais mes amis sont moins à l'aise à l'oral, nous privilégions donc l'espagnol entre nous. D'ailleurs, le niveau se relâche à Colonia, ajouta-t-il avec un sourire pour essayer de détendre les choses.

— Vous, vous le parlez en tout cas, bravo, presque sans accent. Vous n'avez pas trop une tête de Chilien d'ailleurs. »

Il régnait une atmosphère étrange. Guillermo sentait son ami un peu ailleurs, il restait immobile, les lèvres serrées. Javier percevait la singularité du contexte, il était observateur de la scène. Guillermo se présenta en expliquant comment il avait découvert Colonia quand ses parents l'avaient emmené au dispensaire de la communauté. Cela faisait maintenant une dizaine de minutes qu'ils se faisaient face. Guillermo échangeait quelques banalités sur la vie à Colonia et essayait de partir en digressions pour faire parler Sanchez. Il ne voyait pas vraiment comment faire évoluer la conversation vers le sujet qui lui tenait à cœur : son rôle dans les premiers temps de la dictature. Javier était maintenant plus détendu et en dépit de l'étrangeté du moment voulait venir en aide à Guillermo. Il tendait des perches à Sanchez en fustigeant le risque que le référendum redonne les clés du pays aux « rouges ». Pourtant, Guillermo se sentait dans une impasse… Sanchez, en revanche, était très courtois même s'il comptait quand même abréger cet entretien pour ne pas ruiner sa soirée. Il proposa de leur donner les coordonnées de personnes avec lesquelles ils pouvaient avoir un contact à Santiago en se disant que cela serait une bonne opportunité pour prendre congé. Il se leva pour aller chercher de quoi écrire. Au même instant, Guillermo bondit de son fauteuil, il tenait dans sa main droite un petit couteau de chasse à cran d'arrêt qu'il venait de sortir de sa poche et cria : « Tu as tué mon père, salopard ! Prends ça de la part de José Luis Inostroza. » Il tenta de frapper Sanchez, mais celui-ci parvint à esquiver la lame qui prenait la direction de son cœur. Il avait effectué un demi-cercle avec son bras pour dévier la course du couteau et éloigner le danger. Le métal tranchant s'était contenté d'effleurer la manche de sa veste en tweed. Pris dans son élan, c'est Guillermo qui s'était déséquilibré tout seul et s'était cogné contre une commode du salon. Avec l'impact, sa main avait relâché le couteau, qui était tombé sur le parquet en tournant sur lui-même à la manière d'une toupie.

« Qui es-tu, bon Dieu ? », hurla Sanchez. Son faciès était distordu par la haine, les yeux injectés. C'est maintenant lui qui fondait sur Guillermo. Il essaya de l'étrangler. Ce dernier avait attrapé ses bras pour le bloquer. Tout en se battant, Guillermo poursuivait : « Mon père était José Luis Inostroza, tu l'as torturé, tu l'as abattu comme un chien. Inostroza, ça ne te dit rien ? »

La scène avait été tellement subite qu'Ethan fut stupéfait. Tout avait d'abord paru sous contrôle, dans une espèce de feinte amabilité et un calme absolu. La soudaineté de l'attaque de Guillermo l'avait désarçonné. En une fraction de seconde, il avait compris que, sans lui en avoir parlé, son ami était venu avec une arme et qu'il avait donc prémédité son geste. Il n'avait pourtant pas le temps de réfléchir. Il lui sembla que l'urgence était de récupérer le couteau avant que Sanchez s'en empare. Il se jeta quasiment au sol pour mettre la main sur l'objet tranchant. Il cria en direction de Javier : « *GO* ! »

Tout était confus. L'empoignade avait tourné en un corps-à-corps entre Guillermo, sur le dos, et Sanchez, au-dessus de lui, essayant de lui écraser le visage avec sa main droite. Arrivé en courant, Javier lui faisait une clé avec son bras autour du cou en le tirant en arrière afin qu'il relâche la pression sur Guillermo. Ethan avait maintenant le couteau dans la main et se relevait.

Javier parvint à faire basculer Sanchez sur le plancher, ce qui permit à Guillermo de se dégager. C'est maintenant lui qui était placé au-dessus. Les bras de Sanchez étaient bloqués au sol par le genou de Guillermo pour le gauche et le bras de Javier pour le droit. Il avait à sa verticale trois paires d'yeux qui le fixaient. Il reçut un coup de poing en pleine tête, puis un second qui l'atteint sur la pommette droite. Guillermo voulait continuer à faire pleuvoir les coups, mais Ethan lui ordonna d'arrêter. Il repensait à la violence dont avait fait preuve Guillermo à Deauville et songea qu'il fallait tout de suite calmer les choses.

Il analysait la situation avec beaucoup de froideur. Sanchez était à la merci de son ami. Il ne pouvait plus bouger avec deux gaillards à genoux sur lui. Sa seule chance aurait été d'atteindre le couteau, mais cette opportunité avait disparu. Il avait laissé des forces dans la bataille et il se résignait car il savait qu'à soixante-dix ans il ne pouvait pas grand-chose contre trois adversaires dans la force de l'âge. Les coups au visage avaient été violents, il était donc un peu sonné. Il essaya de crier, mais Javier lui mit la main sur la bouche. Guillermo reprit son souffle et lui dit : « Cristián Sanchez, je suis venu pour voir ton visage. J'ai attendu ce moment depuis que j'ai posé le pied au Chili. » Le regard de Sanchez était figé, il assimilait une suite d'informations mais ne comprenait pas où Guillermo voulait en venir. Bien sûr, il se souvenait parfaitement d'Inostroza, mais la probabilité de se trouver un jour avec son fils ne répondait à aucune logique.

« José Luis Inostroza, mon père, un des activistes du MIR, tu te rappelles ? Tous ces militants que tu as torturés avant de les laisser crever ? » Sanchez essayait de respirer et de parler, il avait les yeux exorbités. Javier retira la main de sa bouche. « Mais vous êtes fous ? Vos accusations sont sans fondement. Je n'ai rien à voir avec cette personne. Ça va trop loin. Vous prenez des risques, j'ai des relations haut placées. Lâchez-moi et partez. » La ligne de défense de Sanchez avait quelque chose d'absurde et il le savait. Ethan reprenait ses esprits, il lança à Guillermo en français : « Tu es complètement taré, putain. Comment tu as pu penser à un plan aussi foireux ? »

Guillermo avait changé de visage, il paraissait déterminé, dénué de toute forme d'émotion. Il répondit d'un ton sec : « De toute façon, on est tous embarqués là-dedans, rends-toi utile et essaie de trouver un câble ou une corde, il faut qu'on l'attache. » Guillermo et Javier maintenaient Sanchez au sol, mais cette position était fortement inconfortable. « *En el garaje* », lui intima Javier en lui désignant du doigt la direction de la cuisine, dont la porte latérale devait communiquer avec un débarras ou le garage. Ethan s'exécuta, il traversa la cuisine puis ouvrit la porte de ce qui était une buanderie. En ouvrant la porte suivante, il pénétra dans le garage, grand espace vide au fond duquel il y avait une Honda 125. À gauche de la moto, un renfoncement assez important abritait un établi présentant toutes sortes d'outils cloués au mur. Dans son coin bricolage, Sanchez avait poussé la maniaquerie jusqu'à dessiner sur un panneau de liège le contour de chaque outil afin qu'ils retrouvent leur place assignée après usage. Dans ce lieu un peu reclus de la maison, il y avait aussi quelques objets accrochés au mur et notamment une dague frappée d'un swastika. Dans un cadre, des décorations militaires allemandes et un insigne des SS en feutrine, dans un autre cadre, la médaille de chevalier de l'ordre de Bernardo O'Higgins, une distinction chilienne. Ethan découvrit cela avec un haut-le-cœur. Il ne s'attendait pas à voir une croix gammée. Il savait que Cristián Sanchez avait des origines allemandes et qu'il avait combattu pendant la Seconde Guerre mondiale, mais ces reliques avaient une autre signification. Il repéra au sol deux caisses de bois, dont l'une contenait toutes sortes de vis et l'autre des câbles électriques. Ethan estima que cela serait suffisant pour attacher Sanchez et se saisit de plusieurs câbles. Il était prêt à rejoindre Guillermo quand la curiosité le poussa à s'attarder sur des photos encadrées fixées au mur. Sur la première, un cliché en noir et blanc, se trouvaient plusieurs officiers SS tout sourire sous un portique, à l'entrée d'un camp de concentration. La seconde présentait un groupe d'une quinzaine de personnes en blouse blanche. Au second plan, des bâtiments d'usine barrés par une gigantesque signalétique Müller. Ethan avait du mal à respirer. La photo comportait une dédicace en allemand qu'il n'eut aucune peine à lire : « À Werner Allofs pour ses belles années aux établissements Müller, 4 juin 1947. » Ethan voyait trouble, il crut défaillir, il était sous le choc. Un sentiment de nausée, il fonça vomir dans l'évier de la buanderie. Il resta quelques secondes les deux mains appuyées sur les rebords pour reprendre son souffle. Un second spasme le secoua. Son cerveau fonctionnait à cent à l'heure, il comprit que ce Cristián Sanchez était Allofs, celui-là même qui avait logé une balle dans le crâne de son grand-père dans les camps. Celui qui avait travaillé chez ses cousins Müller, avait quitté l'Allemagne pour l'Argentine pour finalement s'installer au Chili et se mettre au service de la dictature. Tout prenait un sens dramatique. Le destin lui servait sur un plateau un monstre qui avait fait couler le sang de centaines de juifs. Il entendait au loin Guillermo qui l'appelait, mais le son lui parvenait difficilement, il était comme entouré de coton. Il restait immobile, figé. Il se rinça la bouche, prit soin de faire couler l'eau pour nettoyer l'évier, se lava les mains et s'aspergea le visage. Il reprenait ses esprits. Il s'aspergea le visage une nouvelle fois et voulut s'assurer qu'il n'avait pas eu une hallucination. Il regarda à nouveau la photo. C'était bien lui, le type souriant devant l'usine, le même type qui avait maintenant le visage ensanglanté, à quelques dizaines de mètres dans le salon d'une petite maison de la banlieue de Santiago. Il tourna les talons et décida d'aller se confronter à lui, au passage il se baissa pour ramasser les câbles qu'il avait fait tomber. Il pensait à son père et à Jules Lefort. D'un pas décidé, il regagna la scène du drame.

Guillermo le vit arriver et lui demanda ce qu'il avait fait pour traîner autant. Il ne le regarda pas et jeta les câbles dans sa direction. Il fixait Sanchez, qui avait du mal à soutenir son regard. Il s'adressa à lui en allemand : « Comment tu t'appelles ? Quel est ton nom de naissance ? » L'Allemand répondit, en hésitant une fraction de seconde, qu'il s'appelait Horst Scholtz. Ethan continuait à le fixer, calmement. Guillermo, ne parlant pas cette langue, n'arrivait pas à saisir la scène qui se déroulait sous ses yeux :

« Tu vas me prendre pour un con longtemps ? Tu es Werner Allofs, tu as passé quelques années en Pologne dans le commandement d'un camp de concentration.

— Vous mentez, vous dites n'importe quoi. Vous êtes fou. »

Son visage avait changé de couleur. Il était blême. Guillermo et Javier le firent pivoter légèrement sur le côté de façon à dégager ses bras pour pouvoir les attacher dans son dos. Javier ne fit pas dans la demi-mesure avec un nœud particulièrement serré qui comprimait la peau sous les poignets. Afin qu'il ne demeure pas sur le dos avec ses mains nouées lui rentrant dans la colonne vertébrale, ils le tirèrent de façon à le positionner assis contre le mur. Ils se sentaient tous assez soulagés car Sanchez ne représentait plus un danger. Il ne pouvait bouger, et tenter de s'évader était voué à l'échec. Guillermo réalisait cette opération tout en écoutant Ethan. Il lui demanda en français :

« Qu'est-ce qui t'arrive mec, tu n'as pas l'air dans ton assiette ?

— Il se passe que ce mec a tué mon grand-père, c'est lui sur qui Papa avait essayé d'enquêter : Werner Allofs, une ordure ! »

Guillermo était abasourdi. Il était étonné du sang-froid dont faisait preuve Ethan. Il paraissait extrêmement calme. Ce dernier reprit en allemand : « Je vais te rafraîchir la mémoire car tu dois être amnésique. Les camps et les déportés, ça te dit quelque chose, j'imagine ? Une famille juive, les Stern, un père et son fils ? Nathanaël Stern, un antiquaire parisien, tu l'as exécuté avec deux autres personnes. J'imagine que tu as assassiné tant de gens que tu dois avoir du mal à te rappeler, non ? » Guillermo frappa Sanchez au visage. Son nez devait être cassé. Sanchez feignait la surprise, mais, dans la profondeur de son regard, on comprenait qu'il avait fouillé dans sa mémoire et en avait extrait des souvenirs précis : le rassemblement dans la cour, les trois hommes à genoux qui étaient devenus trois gisants après les détonations. Ce juif honni qui lui tenait tête et le prenait de haut, sans vie dans une mare de sang. Ethan s'adressa à Guillermo : « Ce monstre qui a tué ton père est le même monstre qui a abattu mon grand-père en Pologne. C'est hallucinant, mais c'est bien le même type. Il faut arrêter nos conneries, il faut rendre ce type à la justice pour qu'il soit condamné. Il faut que le monde sache que Sanchez et Allofs sont une seule et même personne. Son atelier regorge d'objets nazis et on y trouve également plusieurs médailles pour services rendus notamment à la solde de Pinochet. » Guillermo n'en revenait pas. Il asséna à Sanchez plusieurs coups de poing au foie. Ethan reprit, en s'adressant à lui : « Donc tu ne te souviens pas de la famille Stern, Werner Allofs, qui servait sous les ordres du colonel Ribbeck. Tu veux que je continue ? Je connais bien tes faits d'armes. Mon père a longtemps cherché à te retrouver. Il aurait été content d'être là pour te voir. On a su quand tu avais quitté l'Allemagne, ton séjour en Argentine. Et puis mon père s'est lassé... » Allofs comprenait qu'il ne pouvait plus transiger avec la vérité, le faire ne servait à rien.

« C'était la guerre, on a tous fait des choses horribles. On n'avait pas le choix, je ne faisais qu'obéir aux ordres comme tout soldat.

— Enfin tu n'étais peut-être pas obligé de respecter une idéologie qui visait à éliminer méthodiquement les juifs. »

Allofs n'avait rien à répondre. Il essayait de comprendre comment tout cela avait été possible. Il n'avait pas été spécialement imprudent pendant toutes ces années. Il se sentait surtout intouchable, reclus au Chili. Il n'avait jamais imaginé que l'on vienne l'y chercher. Bien sûr, il avait suivi avec attention les traques d'anciens nazis, mais il s'agissait de profils comme Mengele avec des états de service d'un autre niveau que les siens. En aucun cas il n'était une cible prioritaire et, le temps passant, il n'imaginait pas que ce passé ressurgisse un jour. Quant à son rôle dans la DINA, on trouvait au Chili bon nombre d'anciens officiers, de militaires du rang qui avaient torturé. Là encore, il s'était toujours senti protégé et ne pouvait donc imaginer que ses turpitudes refassent surface.

C'était maintenant au tour de Guillermo, qui reprenait en espagnol :

« Allofs, si je suis devant toi aujourd'hui, c'est que je veux t'écouter demander pardon pour toutes tes victimes et notamment mon père, José Luis Inostroza.

— Encore une fois, je ne me rappelle pas ce nom. Desserrez les liens, je ne peux plus bouger les bras et le câble me cisaille les poignets.

— Tu me déçois beaucoup. Tu es un très mauvais acteur et tu as zéro couille. Assume. Quand tu as tué mon père, tu n'étais pas seul. Il y avait avec toi un de tes gars. Le pauvre est d'ailleurs dans une chaise roulante aujourd'hui. Mais tu vois, au moins, Oscar Oyarno a ressenti un besoin de rédemption et il a parlé ! On a écouté des témoignages, on en connaît vraiment beaucoup sur toi. Ne pas reconnaître ta responsabilité te condamne.

— Je n'ai pas à me justifier et encore moins à m'excuser. Ce que j'ai fait, je l'ai toujours fait pour mon pays, que ce soit l'Allemagne ou le Chili. Je me suis battu contre les ennemis de la patrie, les juifs, les terroristes, la racaille communiste. Maintenant, libérez-moi bordel.

— Ferme ta gueule ! » lui hurla Ethan en lui assénant une violente gifle.

Il se rendit compte qu'il venait de le frapper pour la première fois. Il était un peu ébranlé car il détestait la violence et se demandait quel élément l'avait conduit à cet excès. Il culpabilisait déjà. La scène durait depuis près d'une heure. Toute la conversation avait eu lieu à moitié en espagnol et en allemand en fonction des interlocuteurs d'Allofs.

Ethan s'adressa en français à Guillermo pour que les autres ne comprennent pas :

« Guillermo, c'est toi qui nous as mis dans cette merde et tu es responsable de ce bordel. Qu'est-ce qu'on va faire de ce type ? Pour moi, il doit être jugé et condamné. Il faut qu'il paie ses crimes. Il faudrait le livrer à la police.

— Tu es complètement malade. À qui veux-tu le livrer ? Ce mec est protégé ici. En plus, il sait qui on est. Une chose est sûre, on ne peut pas le relâcher. C'est trop risqué pour nous. Dans quarante-huit heures, on sera dans l'avion. On est au bout du chemin, il faut en finir. On n'a plus le choix.

— Mais en finir de quoi ? Tu réfléchis à ce que tu dis ? Tu te prends pour un justicier, tu penses qu'on peut décider de se débarrasser de quelqu'un ? Tu penses qu'on peut s'abaisser au niveau de ces ordures ? On a toujours le choix.

— C'est toi qui dis ça alors que le type a assassiné sans doute des centaines de juifs. Tu penses que ce mec a le droit de passer une retraite pénarde au Chili ? Tu comprends qu'on est dans une impasse ? Il ferait quoi ton père dans cette situation ?

— Fous pas mon père là-dedans, je ne peux pas savoir ce qu'il ferait.

— Au contraire, je pense que tu sais très bien ce que ferait ton père, mais tu ne veux pas te l'avouer… Il finirait le travail. Mais c'est sûr que ton père est un peu plus courageux que toi.

— Ah ouais, c'est courageux ce qu'on fait ?

— J'en sais rien, mais on le fait. On ne peut pas se sortir de cette situation, cette raclure ne reconnaîtra jamais sa responsabilité et on sait maintenant qu'il n'éprouvera aucun remords. »

Guillermo fixa son ami avec gravité et lui fit comprendre qu'il était prêt pour aller au bout.

Le regard d'Allofs passait de l'un à l'autre. Il recherchait également une forme d'empathie chez Javier, mais celui-ci regardait dans le vide, comme s'il ne voulait pas être témoin du drame qui allait se nouer. « On va en finir. On va faire de la façon la plus simple », dit Guillermo l'air grave en se dirigeant vers la cuisine. Il prit un torchon qui pendait à une patère et revint dans le salon en se saisissant d'un coussin posé sur le canapé. Ethan le retint par le bras : « Tu dérailles, Guillermo. Je ne peux pas te laisser faire ça. J'ai toutes les raisons de haïr ce type et de vouloir sa mort, mais ce n'est pas notre rôle que de décider s'il doit mourir. » Guillermo se dégagea. Allofs avait compris et commença à se débattre de toutes ses forces. Guillermo le frappa à nouveau au visage et parvint à enfoncer le torchon dans sa bouche. L'Allemand essaya de l'expulser mais n'y parvint pas. Guillermo était à califourchon sur lui et appuya de toutes ses forces sur le coussin. La scène parut durer une éternité. Ethan avait essayé de stopper son ami, mais, au fond de lui, il savait qu'il n'existait plus d'issue. Le corps d'Allofs était secoué de soubresauts, mais tous ses membres étaient bloqués. On percevait des hurlements étouffés. Javier s'était approché pour poser ses mains sur ses tibias et l'empêcher de se mouvoir. « *¡Bienvenido al infierno !* » lui cria Guillermo. Le corps d'Allofs se tendit une dernière fois de tout son long et se relâcha définitivement. Guillermo compta jusqu'à dix dans sa tête avant de retirer le coussin. Il était mort.

Guillermo et Ethan restèrent interdits, fixant la tête de leur victime, puis ils se regardèrent avec une étrange impression : ce regard scellait leur secret. Javier était passé du statut de témoin à celui de complice. Il avait gardé la tête froide pendant toute cette séquence et réfléchissait maintenant aux enjeux logistiques. « Les gars, vous avez eu du cran de faire ce que vous avez fait. Ayez toujours en tête la quantité de sang que ce mec a sur les mains. Vous avez vengé vos familles et tant d'autres… et ça, ça n'a pas de prix. Maintenant, il faut se tirer vite d'ici. On va faire croire à un cambriolage qui a mal tourné. On va prendre sa voiture et l'abandonner de façon à faire croire qu'il est parti. C'est assez dissuasif si quelqu'un veut lui rendre visite. Il ne poussera pas plus loin. » La réaction du Chilien était pleine de sang-froid. Il montrait l'exemple et donnait des instructions. Ethan avait le regard perdu, il fixait ce corps sans vie. On aurait pu croire qu'il était en état de choc. « Guillermo, tu tires le corps dans ce renfoncement, qu'il ne soit pas visible de l'extérieur. On va prendre des gants de cuisine ou des torchons pour ne pas laisser trop de marques. Ethan, tu vas dans la chambre et tu ouvres les tiroirs, tu sors les affaires, n'oublie pas la table de nuit à vider… Bref tu fais comme si tu cambriolais la baraque, même chose dans son bureau. Je vais chercher les clés de son pick-up et après, on se casse. » Ethan commença par le bureau. La pièce était meublée avec goût. Le bureau était placé face au jardin et une bibliothèque regorgeait de livres d'histoire dont un certain nombre en langue allemande. Il y avait également des ouvrages sur le cinéma. Au mur, une photo d'Allofs en uniforme, une autre avec ce qui semblait être sa maîtresse à l'époque de Puerto Montt. Enfin, une dernière photo dans un cadre posé sur son bureau, avec Augusto Pinochet. Il y avait un sous-main en cuir et une boîte en métal ornée de l'aigle de l'Empire allemand. Il y avait un bon résumé de sa vie concentré en quelques objets et photographies. La tentation aurait été forte de passer du temps à ouvrir les tiroirs, fouiller dans les affaires et l'intimité d'Allofs, mais il fallait faire vite. Ethan attrapa la poignée d'un premier tiroir et tira énergiquement pour le sortir et le laisser choir sur le parquet avec du bruit. Il répéta ce geste avec tous les tiroirs du bureau. Il s'attaqua ensuite à la bibliothèque et fit tomber des rangées entières de livres. Pourtant, il était comme hypnotisé, il s'arrêtait, saisissait un objet, le reposait, s'approchait d'un tableau. Il entendit des bruits analogues venant de la chambre. Comme il perdait trop de temps, Guillermo l'avait suppléé. Il entendit Javier leur crier qu'il avait trouvé les clés de la voiture et qu'il était temps de dégager. Ils ressortirent par la baie vitrée qui donnait sur le jardin comme si cette zone vulnérable avait été l'endroit par lequel des délinquants étaient rentrés et ressortis, leur méfait accompli.

Guillermo devait conduire le pick-up rouge d'Allofs et suivre Javier. Son plan était assez cynique : abandonner le véhicule avec les clés sur le contact dans un quartier difficile afin qu'il trouve preneur ou *a minima* qu'il soit retrouvé là, ce qui accréditerait le vol crapuleux et dirigerait les enquêteurs sur une fausse piste. Ethan était monté dans la voiture avec Javier pour que celui-ci puisse s'exprimer à sa place en cas de contrôle. Le silence était impressionnant. Ethan avait les yeux dans le vague alors que défilait le paysage de campagne. Ils traversèrent Pirque et d'autres hameaux. Javier demanda à Ethan de faire des signes à Guillermo afin qu'il ralentisse et se tienne prêt. Celui-ci vit le clignotant de la voiture de tête qui se garait le long d'une espèce de terrain vague. Il se gara derrière, coupa le contact et rejoignit ses amis. « On rentre à Las Condes, Ethan, tu balanceras tes gants de cuisine dans une poubelle. » Ce dernier avait toujours ses gants en plastique sur lui. Il ne réagissait pas, tout à ses pensées. Il revoyait le visage d'Allofs, cette photo devant l'usine Müller. Il regrettait que tout soit allé si vite, qu'il n'ait pas pu poser de questions à Allofs.

La traversée de la ville fut assez rapide. Ils attendaient d'être en lieu sûr. Tous les trois étaient étrangement calmes et silencieux. Il ne s'agissait pas de paniquer en pensant à l'acte qu'ils venaient de commettre ni imaginer le pire avec un contrôle de l'armée sur le chemin du retour. Chacun analysait la situation. Guillermo, qui percevait le problème de conscience d'Ethan, regrettait de ne pas l'avoir informé de ses desseins. Se munir d'un couteau et décider d'en faire usage en prenant tout le monde par surprise aurait pu entraîner des conséquences tragiques. Son initiative avait tout fait basculer dans quelque chose de moralement inacceptable, mais s'il n'était pas intervenu, comment savoir ce qui se serait passé ? Peut-être seraient-ils repartis après avoir bu un thé avec un ancien nazi. Quant à Javier, il avait été exemplaire en tout point, une analyse froide des événements, beaucoup d'à-propos et des décisions rapides. Sans lui, ce qui pouvait se qualifier d'« opération » aurait été voué à l'échec. Ils lui devaient tellement.

La maison des Alvarez Vicuña était proche, Ethan respirait mieux car il pouvait refermer cette parenthèse tragique en retrouvant un lieu dans lequel il se sentait bien. Javier les déposa à une cinquantaine de mètres, sans un mot. Ethan hocha la tête dans sa direction en signe de gratitude. En sortant de la voiture, Guillermo lui serra l'avant-bras pour le saluer. Ils devaient se séparer rapidement.

Une fois dans le jardin, Guillermo et Ethan se sentirent hors de danger. Loreto était assise dans le salon avec sa fille et les deux lisaient, l'une un magazine mondain et l'autre un livre de Gabriel García Márquez. « Ah, mes amis et neveux français, vous rentrez tard. J'espère que vous n'avez pas dîné, ce soir c'est *pastel de choclo*[40]. »

Ethan regarda Guillermo l'air surpris car il avait supporté tellement de stress qu'il était un peu déphasé, il lui semblait qu'il était une heure du matin alors que ses hôtes n'étaient pas encore passées à table. Guillermo avait lui aussi un peu perdu la notion du temps. La table

40. Gratin de maïs typique des pays du Cône Sud.

était dressée et ils étaient attendus car le samedi soir, il n'était pas rare de dîner à vingt-trois heures.

« Merci ma tante, nous mourons de faim mais avant de passer à table, il faut que l'on boive quelque chose…

— Tu as raison, ça vous va si j'ouvre un champagne ? dit-elle en faisant un signe à Amalia.

— On n'a rien de particulier à fêter, mais on sera ravis de trinquer de toute manière. D'accord, Ethan ? »

Ethan avait la tête ailleurs, sans doute encore à Pirque, mais il devait donner le change. Ce champagne avait décidément quelque chose de particulièrement incongru. Les deux amis se regardèrent avec gravité. Ethan n'avait pas le cœur à boire. Il déclina. Pour Guillermo, la première gorgée de Veuve Clicquot fut particulièrement douce. Ils ressentirent ensuite une immense fatigue, de celles qui suivent un choc émotionnel intense.

Roissy

Mardi 6 septembre 1988

Que ce vol du retour avait paru long à Guillermo et Ethan. Pourtant, au moment où ils s'étaient retrouvés à leur place dans le Boeing 747, ils avaient ressenti un grand soulagement. La journée du dimanche, le lendemain du drame, avait été particulièrement étrange à vivre. Les deux amis s'étaient fait prier pour passer leur dernier déjeuner chilien non pas à la maison mais au club de golf Los Leones. Ils avaient été tellement réticents à l'idée de sortir de la maison qu'Alejandra s'en était étonnée. « Mais enfin les gars, votre dernière journée à Santiago, vous n'allez pas rester plantés dans le jardin, il faut en profiter, il y a un million de choses à faire. On s'ennuie ici. » Ils étaient pourtant comme tétanisés à l'idée de quitter cette petite enclave protégée. Ils avaient l'impression qu'ils devenaient vulnérables à l'extérieur de Isidora Goyenechea 3144. Le corps d'Allofs avait peut-être été découvert, avaient-ils été suivis depuis Pirque ? Et si Javier avait été arrêté ? À la maison, ils étaient entourés de murs protecteurs, dehors il leur semblait être à la merci du premier policier ou soldat venu. Ils étaient conscients que cette crainte avait quelque chose d'irrationnel, ils se laissèrent donc convaincre et passèrent un bon moment. Les *piscos sour* servis sur la terrasse du club au soleil avec cette magnifique vue sur la cordillère étaient l'ultime carte postale d'un séjour bien rempli. Il régnait quand même une atmosphère spéciale teintée de tristesse. L'immersion chez les Alvarez Vicuña avait été une grande réussite. Loreto s'était entichée de ces Français sympathiques qui avaient partagé son quotidien durant plus d'un mois. Même si Alejandra et Ethan avaient anticipé leur séparation, la perspective de ne plus se voir les rendait tristes et nostalgiques. Guillermo, de son côté, était tout entier focalisé sur le fait de rapporter un peu de Chili avec lui. Tous ses sens étaient en éveil et il souhaitait enregistrer les odeurs, les voix, les bruits et bien sûr le maximum d'images pour les graver dans sa mémoire. Il voulait emporter avec lui le bleu de ce ciel si pur, l'odeur des eucalyptus, cette façon si particulière de parler l'espagnol.

Le déjeuner avait traîné en longueur et ils avaient décliné la proposition de promenade dans le quartier de Providencia, arguant de la nécessaire préparation des valises. En fin de journée, Javier et Hernan étaient passés, les mêmes qui étaient présents le jour de leur arrivée, pour un parfait parallélisme des formes. Loreto avait bien fait les choses, elle tenait à marquer le fait que les orientations politiques opposées ne devaient en aucun cas supplanter les relations amicales. En outre, il lui semblait important d'aider Guillermo à cultiver le lien avec son père au travers de sa relation amicale. La discussion avait été sympathique et neutre. Ethan avait mis dans une enveloppe quelques billets pour une somme totale de trois cent cinquante dollars. Il tenait à remercier financièrement Javier pour tout ce qu'il avait fait. Le geste aurait pu paraître un peu déplacé et Guillermo s'était permis de dire qu'il ne trouvait pas cela très approprié. Mais devant le sourire discret de Javier, il se ravisa. Ce dernier avait agi par conviction, mais il ne fallait pas non plus oublier que les Chiliens de la classe moyenne menaient une vie parfois un peu chiche. Cette somme d'argent tombait donc à point. Ethan voulait peut-être aussi acheter son silence.

Les *abrazos* furent chaleureux et tous exigèrent que María Paz soit couverte de baisers à Paris. Ils tenaient aussi à ce qu'ils remettent à Fabián un tee-shirt avec le « *No* », de la part de ses vieux copains. La dernière nuit fut calme, même si Ethan la passa pour une grande part dans le lit d'Alejandra. Elle s'étonna de le voir stressé. Il se réveilla en sursaut pendant la nuit, des larmes avaient coulé sur son visage. Le lendemain, il avait les yeux tirés, signes d'une courte nuit, lorsqu'ils prirent la route pour l'aéroport. À l'enregistrement, il y eut des embrassades qui firent place à une tension au moment des contrôles de police. La présence des militaires contribuait à accroître ce sentiment. On regarda leurs passeports et surtout les visas avec attention, les pages tournèrent lentement. Le coup de tampon agit comme un acte libérateur. Après le contrôle, il ne pouvait plus arriver grand-chose à Guillermo et Ethan. Le temps passé dans leur terminal leur parut infini. Une fois dans l'avion, ils commencèrent à souffler. Un dernier regard souriant de l'hôtesse et ils s'endormirent pendant plus de la moitié du vol.

Diane et Benjamin les attendaient à l'arrivée et le ciel bleu au-dessus de Paris leur fit penser à la ville qu'ils venaient de quitter. Guillermo était très ému de retrouver Diane, il la serra fort et l'embrassa un long moment. Il avait beaucoup pensé à elle pendant son séjour et le fait de la revoir lui faisait du bien. Il lui semblait retourner dans un quotidien dans lequel il était épanoui, comme protégé dans une bulle. Benjamin, au contraire, était surexcité d'accueillir son petit frère. Il le bousculait amicalement, le décoiffait en passant énergiquement sa main dans ses cheveux.

« Allez, raconte frérot, tu as chopé des gonzesses ?

— Tu es toujours un peu pathétique, Benjamin, lança Diane.

— Quant à toi, Ethan, si tu commences à raconter tes conquêtes à ton frère, tu auras la gentillesse d'éviter de raconter celles de ton ami Guillermo.

— Guillermo ? Ah non, je te rassure. Il a été d'un ennui mortel, il me parlait de toi toute la journée.

— Je n'en crois pas un mot, mais c'est vraiment sympa de prendre la défense de ton copain. »

Diane sortit ses clés de voiture et les agita pour signifier qu'ils partaient. Benjamin prit la valise de son frère et le sac de Guillermo pour se rendre utile. Diane était venue avec la voiture de sa mère et était passée prendre Benjamin en bas de chez lui. Elle allait donc faire un crochet par la rue du Faubourg-Saint-Honoré pour les y déposer.

Dans la voiture, la conversation était un peu décousue mais joyeuse. Les deux voyageurs étaient très élogieux sur le Chili et toutes les rencontres qu'ils avaient faites. Ils parlaient pêle-mêle de Santiago, du Pacifique. Ils durent y mettre un terme en arrivant devant chez les Stern. Les frères étaient attendus par Déborah et leur père. Étonnamment, Guillermo ne se sentait pas bien de se retrouver seul avec Diane, bien sûr elle lui avait manqué, bien sûr il avait envie d'elle, mais ce n'était pas le moment. Diane redémarra.

« On ne va pas chez toi dans le 7ᵉ ? lui demanda Guillermo alors qu'elle prenait la direction de Beaugrenelle.

— Non Guillermo, je te dépose chez ta maman. J'imagine que vous avez beaucoup de choses à vous dire. Nous deux, on a le temps. Demain on passe la journée ensemble, en plus mes parents sont à Périer… »

Guillermo sourit. Il aimait par-dessus toute la finesse de Diane et son intelligence des situations. C'est vrai qu'il ressentait le besoin de voir sa mère pour avoir une conversation franche avec elle. Son séjour lui avait permis de découvrir dans les grandes lignes qui était José Luis, dont le statut était passé de géniteur inconnu à celui de père. Il pensait que le temps de la réconciliation avec le Chili était venu pour María Paz, qui avait choisi d'occulter son passé. Il n'y avait plus de raison de ne pas accepter la main tendue de Loreto et de ne pas recréer des liens avec cette famille du bout du monde. Après tout, le Chili était leur pays.

Rue des Entrepreneurs

Jeudi 6 octobre 1988

Depuis leur retour, Guillermo et Ethan s'étaient vus beaucoup plus régulièrement qu'avant leur départ pour le Chili. Les deux avaient beaucoup discuté pour se repasser l'enchaînement des événements. Ethan avait toujours du mal à accepter ce qui s'était passé et surtout l'attitude de Guillermo, qui l'avait impliqué dans sa vengeance personnelle. Ce jour-là, il lui avait fait peur. La violence des coups qu'il avait assénés à Allofs, associée à sa volonté de tuer sans faire preuve de la moindre retenue, l'avait choqué. Le plus étonnant était sa capacité à faire comme si rien ne s'était passé, comme si ce moment n'avait jamais existé. Ce soir-là, Ethan avait découvert une nouvelle facette de la personnalité de Guillermo, plus sombre.

Pour se justifier et semer le doute dans l'esprit de son ami, Guillermo mettait l'accent sur le fait que, grâce à lui, justice avait été rendue aux Stern. La sentence était tombée et la vengeance avait été menée à son terme. Cet épisode était donc à remiser dans une case d'où il ne ressortirait jamais. Ethan n'acceptait pas cette justification *a posteriori*. Lui-même restait pétri de remords de ne pas avoir agi autrement. Une chose était sûre, sans la présence de Javier, les choses ne se seraient jamais déroulées de cette manière. Par son attitude rassurante et sa prise d'initiative, il avait contribué à ce que personne ne gamberge au moment de passer à l'acte. Tous les trois partageaient ce secret, mais Ethan savait qu'il lui serait sans doute trop lourd à porter.

Le début de la semaine avait été complètement fou pour Guillermo et la communauté chilienne de Paris. Le jour du référendum, l'excitation était palpable. Il y avait eu de l'indignation car les exilés n'avaient pas pu s'inscrire sur les listes électorales. Néanmoins, ils ne voulaient pas être absents de ce moment historique pour leur pays. María Paz et Guillermo avaient organisé une soirée électorale chez eux et avaient convié une quinzaine d'amis dont Fabián. Tous n'avaient pas répondu présent, préférant rester à leur domicile pour pouvoir téléphoner à leur famille au pays et ainsi prendre le pouls de l'opinion. En effet, l'appartement de María Paz ne pouvait pas se transformer en standard téléphonique compte tenu des tarifs des télécommunications internationales. Chacun devait apporter quelque chose pour le dîner et prévoir large car les résultats étaient attendus pour vingt-trois heures ou minuit heure locale, soit trois ou quatre heures du matin à Paris. Diane avait insisté pour venir car elle voulait vivre ce moment avec Guillermo. Elle s'était donc retrouvée dans une ambiance particulière. Tout le monde avait fait l'effort de préparer des plats chiliens et se procurer des bouteilles de *pisco* en quantité. Chacun pensait que donner un air de fête à ce moment pouvait forcer le destin. La radio était branchée sur RFI en grandes ondes, qui couvrait l'événement, et la télévision était bien entendu allumée sur les chaînes françaises qui retransmettaient avec des envoyés spéciaux, mais également sur la chaîne espagnole nationale TVE, qui donnait une importance particulière à ce qui se passait aux confins de l'ancien empire. Le gouvernement de gauche de Felipe González voulait y voir un signe de l'avancée de la démocratie. La première bonne nouvelle était que le scrutin se passait dans de bonnes conditions. La participation était massive et les images qui provenaient du centre de contrôle des élections donnaient toutes les garanties de transparence. Bien sûr, un grand nombre de Chiliens doutaient de la décision de Pinochet en cas de défaite. Allait-il quitter le pouvoir ? Tenterait-il un nouveau coup de force ? Les discussions allaient bon train car même si tout le monde se berçait d'illusions, la victoire du *Sí* restait une probabilité.

Depuis le succès de la soutenance et de son mémoire à Sciences Po, Guillermo était vu par tous comme le grand expert du contexte chilien. Il se voyait donc sollicité pour répondre à des questions dont il ne connaissait pas toujours les réponses, mais il ne se privait pas de donner son avis. Après tout, il était celui qui s'était rendu au Chili le plus récemment. Il avait donc une certaine légitimité pour parler de l'ambiance qui régnait dans le pays. Diane observait dans un demi-sourire Guillermo livrant ses analyses politiques. Elle se sentait bien dans cette communauté et y avait trouvé sa place. Ses relations avec María Paz étaient bonnes car elles partageaient un certain goût pour la littérature. Guillermo avait longtemps craint que sa mère lui reproche de sortir avec une Française, bourgeoise de surcroît, mais c'était tout le contraire. Dans son rejet du Chili, elle était particulièrement fière de l'assimilation de Guillermo, qui avait choisi la quintessence de la Française élégante. Ethan était aussi de la partie. Lui qui se considérait un peu Chilien depuis son retour voulait vivre ce scrutin historique. Il discutait beaucoup avec Fabián car il tenait à lui montrer qu'il avait bien pris la mesure de son pays et de sa complexité. Il était également très intéressé pour aborder le sujet du Chili d'avant la dictature et se faire une idée sur ce qu'avait été ce pays en démocratie.

L'anxiété avait gagné l'assemblée quand María Paz avait réussi à joindre Javier par téléphone. Ce dernier expliquait qu'il était allé voter à Providencia et que l'ambiance était assez lourde. Les queues devant les bureaux de vote avaient été interminables et il craignait que cela dissuade beaucoup de monde d'accomplir son devoir civique. L'armée avait été déployée dans tout le pays et sa présence renforçait l'idée du *statu quo*, d'un pays qui ne pourrait jamais sortir d'un schéma militaire.

Vers minuit, Diane s'était lovée dans un canapé et s'était endormie en dépit du brouhaha ambiant causé par des discussions enflammées. Guillermo ne s'en était pas aperçu tant il était exalté par l'instant qu'il vivait. Le téléphone sonna, c'était Loreto qui voulait parler à sa cousine. Guillermo avait été dithyrambique sur sa tante et avait fait un lobbying acharné pour que sa mère reconsidère son avis sur les relations avec sa famille et la froideur dont elle faisait preuve à son encontre. María Paz avait fait un petit travail sur elle-même et convenait qu'après tant d'années le moment était peut-être venu de revoir sa copie. Elle échangea au téléphone de longues minutes durant et découvrit à quel point Loreto souhaitait de tout son cœur le retour de la démocratie. Elle insista également pour parler à Guillermo et Ethan, qui eut même droit à quelques mots d'Alejandra en français. Ce coup de fil avait ému María Paz et jetait les bases d'une nouvelle relation.

À une heure et quart, tous ceux qui s'étaient assoupis furent réveillés. Le silence fut exigé. Il y eut un nouvel appel d'un ami de Fabián qui travaillait à la commission électorale chilienne. Rien n'était sûr, mais les premiers chiffres donnaient le *No* en tête. Il y avait déjà des résultats définitifs qui circulaient, mais il fallait s'armer de patience pour l'officialisation, le suspense était à son comble. Ça n'est qu'à six heures du matin que le général Pinochet décida de proclamer les résultats. Une nouvelle ère s'ouvrait pour le Chili après quinze ans de dictature. L'assistance était éreintée après cette nuit électorale, mais ce résultat tant espéré avait galvanisé tout le monde. Il y eut des hurlements de joie, des embrassades et des étreintes, et également quelques larmes. Des bouteilles de champagne firent leur apparition. Pour tous ces exilés, cette nouvelle donne ouvrait des perspectives pour le pays et certains se voyaient sauter le pas pour un éventuel retour.

Le lendemain, les images de liesse à Santiago, les manifestants dansant, fraternisant avec les *carabineros* témoignaient du changement majeur qu'était en train de connaître le pays. Diane avait senti l'effet que ces événements produisaient sur Guillermo, qui se sentait de plus en plus chilien. Son voyage avait été une révélation. Elle ne savait évidemment rien de ce qui s'était passé à Pirque. Elle n'aurait pas pu comprendre.

Perspectives internationales, numéro spécial Chili

Jeudi 13 octobre 1988

« Le Chili et les fantômes nazis »

Par Michel Savin, AFP.

« Le Chili serait-il en train de tourner une page de son histoire complexe ?

« Quelques semaines après un référendum crucial pour l'avenir du pays qui a acté une transition démocratique, il est légitime de se poser la question. En effet, si le Chili n'a pas la réputation d'avoir constitué une zone de repli pour des nazis à l'instar de l'Argentine ou de l'Uruguay, on ne peut nier qu'il ait accueilli certains d'entre eux. C'est notamment le cas dans le sud du pays où une importante immigration allemande avait constitué un espace privilégié pour ceux qui fuyaient l'Europe. Est-ce l'éloignement extrême ou l'absence de personnalités de premier plan qui a dissuadé les services israéliens de mener des actions pour les traduire devant les tribunaux ? Toujours est-il que les anciens nazis n'ont jamais été inquiétés sur le sol chilien. L'attitude relativement bienveillante de l'État, qui a autorisé l'installation de la Colonia Dignidad, une espèce de secte et centre de torture pendant les heures noires de la dictature, l'atteste. Il ne faut pas négliger l'importance de la communauté allemande dans le pays ni son influence. L'avènement de la dictature a également donné l'occasion de réétablir l'Allemagne comme modèle absolu pour les militaires. Rigueur dans l'organisation, créativité dans la science des interrogatoires, un certain nombre de méthodes ont été utilisées à la lettre. C'est le moment où l'on a vu graviter des anciens nazis autour des ministères.

« En 1984 est décédé Walter Rauff d'une longue maladie et récemment, le corps sans vie de Werner Allofs a été retrouvé chez lui, victime d'un cambriolage qui aurait dégénéré. L'inventeur des *Gaswagen* et l'un des officiers les plus zélés des camps de la mort étaient les deux derniers nazis d'importance réfugiés au Chili. Le peu d'empressement montré par la junte pour condamner l'acte et lancer les investigations montre une volonté de faire passer ces sujets au second plan.

« Gageons que la victoire du “Non” au référendum permettra d'apurer définitivement le passif et construire le futur avec la République fédérale d'Allemagne de Helmut Kohl. Il est temps de changer de modèle. »

Rue du Faubourg-Saint-Honoré

Vendredi 14 octobre 1988

La victoire du *No* avait été une déflagration et un soulagement international. Sortir d'un régime militaire par les urnes et non par une révolution sanglante démontrait la force de la démocratie et la détermination du peuple chilien. Ethan, qui avait toujours du mal à gérer sa culpabilité, avait eu des discussions houleuses avec Guillermo. Il vivait un paradoxe dans sa relation amicale, même si quelque chose s'était cassé, le fait de partager un secret les liait à jamais. Pourtant, le résultat favorable de l'élection et la joie du peuple rendaient peut-être un peu plus acceptable la disparition de Sanchez. Ce matin-là, il avait été étonné par le ton employé par son père pour lui dire qu'il souhaitait le voir. Nathanaël, d'habitude très doux et mesuré, avait intimé l'ordre à son fils de passer car il tenait à lui parler en tête-à-tête. Ethan avait pensé à un problème familial impliquant Benjamin ou Déborah. Il en était à se demander ce qui avait pu arriver à son frère, dans quelle situation il s'était encore fourré. Il lui passa également une idée saugrenue par la tête. Et si sa sœur était tombée enceinte ? Ce serait de nature à rendre fou son père et justifierait donc une convocation.

Lorsqu'il arriva dans l'appartement, après que la femme de ménage lui eut ouvert, Ethan traversa le long couloir jusqu'au bureau de son père. Il adorait cette pièce car c'était une véritable caverne d'Ali Baba. Une jolie bibliothèque sur la droite avec des objets divers rapportés de voyages et une cinquantaine de livres de « La Pléiade » rangés par ordre alphabétique. Sur le côté gauche, deux fauteuils Eames en bois avec assise en cuir noir et un repose-pied assorti. Au sol, un gros tapis marocain en laine épaisse sur lequel était posée une table basse en métal. Un vrai repère où Nathanaël venait gérer ses tâches administratives, lire ou fumer le cigare en toute quiétude. Il resta assis lorsque son fils entra. Ethan remarqua immédiatement un exemplaire de la revue *Perspectives internationales* posé sur la table. Le magazine était fermé, mais on pouvait distinguer qu'un Post-it en dépassait en guise de marque-page. Ethan comprit en une fraction de seconde.

« Salut mon fils, dit Nathanaël en se levant de son bureau, je t'en prie, assieds-toi », dit-il en lui désignant le fauteuil qu'il réservait aux invités. Ethan n'aurait de toute façon jamais osé occuper l'autre. Il l'avait beaucoup fait, enfant, quand son père était absent et qu'avec Benjamin ils se succédaient dans ledit fauteuil en le singeant, portant des vestes subtilisées dans son dressing et mimant des gestes et expressions d'adultes. Ethan eut ce souvenir en tête quelques instants et cela le fit sourire.

« Tu te marres, donc tu n'as aucune idée de la raison qui me pousse à t'avoir demandé de venir ? », questionna Nathanaël d'une voix un peu solennelle qui ramena directement Ethan à la raison. Il tenta mollement de détourner le sujet.

« Benjamin a eu un problème, il a déconné ? »

Nathanaël avait le visage fermé. Il se saisit du numéro de *Perspectives internationales* et le montra à son fils.

« Depuis ton départ, je me suis intéressé davantage au Chili, j'ai évidemment suivi tout ce qui s'est passé au moment du référendum. Donc j'ai bien évidemment acheté le dernier *Perspectives* et là je tombe sur ça ! » Il mit l'index sur le Post-it et ouvrit la revue à la page de l'article intitulé « Le Chili et les fantômes nazis ».

« Tu me diras, il faut bien le chercher ! Entre la multitude d'articles, les analyses politiques, tomber sur ce court article relève du défi. Ne me dis pas que tu ne l'as pas lu. »

Ethan était bouche bée. Bien sûr qu'il avait lu l'article et il espérait secrètement qu'il ne serait pas diffusé trop largement. « Tu connais ce nom de Werner Allofs ?

Tu ne peux pas me dire que tu ne sais pas de qui il s'agit. Ce type ressurgit de nulle part. Je découvre qu'il a vécu au Chili et surtout qu'il est mort il y a quelques semaines... Exactement au moment où tu étais sur place. Te connaissant, je devrais penser qu'il ne peut exister un lien entre ta présence au Chili et ce qui ressemble à un fait divers. Je pense que tu serais incapable de faire quoi que ce soit. Mais c'est vrai que, depuis ton retour, tu n'es pas dans ton assiette. J'ai l'impression qu'il s'est passé des choses là-bas. Au début, je pensais que c'était une histoire de fille, mais maintenant je suis sûr qu'il y a autre chose. C'est le moment de parler. »

Ethan n'avait pas la force de mentir à son père et il avait besoin de se libérer. Il commença le récit de leur aventure chilienne, qui, jour après jour, s'était focalisée pour Guillermo sur la recherche de l'assassin de son père. Il expliqua à quel point il avait soutenu son ami dans sa quête personnelle jusqu'à cette idée folle de se confronter au bourreau. Il détailla l'espèce de trou noir dans lequel il avait basculé au moment où il s'était rendu compte que le type chez lequel ils avaient fait irruption était le tortionnaire des camps de la mort, celui-là même qui avait tué son grand-père David devant les yeux de son père. Ethan décrivit avec beaucoup de précision les pièces du puzzle qui une fois assemblées avaient permis de démasquer Allofs. Il détailla ensuite son malaise et sa volonté de stopper Guillermo. Il entama un couplet sur la nécessité de rendre la justice, son regret qu'Allofs y ait échappé. À son grand étonnement, Nathanaël l'écoutait sans montrer d'émotion. Il fixait son fils. Il lui demanda comment s'étaient déroulés les derniers instants du nazi. Ethan voulait passer rapidement sur cette séquence, mais son père insista et à mesure qu'Ethan donnait des précisions, l'air concentré de son père se transforma en rictus, presque un sourire. Il savourait ses paroles comme s'il avait tellement attendu ce moment qu'il voulait tout savoir en détail. Il en redemandait. « Donc Guillermo l'a étouffé avec le coussin ? Il n'arrivait pas à respirer ? Il devait se tortiller dans tous les sens. Et le Chilien, il regardait ça ou il lui bloquait les jambes ? Et toi, tu étais où à ce moment-là ? » Ethan était décontenancé, il espérait une certaine empathie de son père face à une situation au cours de laquelle un être humain avait été tué, lâchement. Au contraire son père semblait vivre la scène par procuration, il donnait même l'impression d'être un peu sadique. Il voulait être le témoin de la mort d'Allofs.

« Papa, on a perdu le contrôle de la situation, on a commis un crime, on ne peut pas se satisfaire de ce qui s'est passé. Dis-moi que j'ai raison. »

Nathanaël se mit à parler avec gravité.

« Mon fils, je pense que tu es très mal placé pour juger de ce qui est acceptable ou pas. Tu n'as pas connu l'enfer des camps. Tu n'as pas vécu cette horreur que j'ai portée si longtemps avec moi. La vengeance, ma vengeance, c'est toi qui l'as exécutée avec ton copain Guillermo.

— Papa, tout cet enchaînement, c'est Guillermo qui l'a provoqué ; moi je ne serais jamais allé aussi loin.

— Ethan, je crois fermement au destin. Allofs est à sa place. Tout ce qu'il a fait dans sa vie l'a fait sortir du monde. Sa plus grande punition, ce n'est pas sa mort. Sa plus grande punition c'est que j'aie survécu, c'est que tu sois né, c'est que nous ayons construit quelque chose en dépit du drame que nous avons surmonté collectivement. En fait, avec Guillermo, vous avez fait ce que j'aurais dû faire il y a plus de quarante ans. Toute ma vie, j'ai regretté.

— Mais Papa, on a tué un homme.

— Ethan, tu dois libérer ta conscience. Et je veux te remercier. Si tu n'avais pas été là, peut-être que nous n'aurions rien su d'Allofs et peut-être que si tu n'avais pas été là, Guillermo ne serait pas allé trop loin. Aujourd'hui je suis soulagé. C'est la vie qui a gagné. C'est nous qui avons gagné. »

Il s'approcha de son fils et le prit dans ses bras pour le serrer fort. Ethan colla sa joue sur la sienne et sentit ses mains épaisses dans son dos, il avait les yeux humides.

Rue du Faubourg-Saint-Honoré

Dimanche 16 octobre 1988

Le lendemain, Nathanaël avait prévu de longue date d'inviter tout le monde pour un grand déjeuner. Il voulait célébrer le retour de la démocratie au Chili et il estimait que c'était une façon de rendre la politesse à cette famille qui avait permis à Ethan de découvrir ce pays et vivre un moment particulier.

Diane, María Paz et Guillermo arrivèrent ensemble rue du Faubourg-Saint-Honoré. Ils furent accueillis par la jeune Philippine qui servait à table quand Nathanaël Stern recevait. Déborah et Benjamin étaient là, mais ils avaient tous mauvaise mine et des cernes bien sombres après avoir passé une folle nuit chez Régine, rue de Ponthieu. Ethan y était allé avec eux bien sûr, mais il était rentré plus tôt, ne souhaitant pas être complètement fatigué pour le déjeuner du lendemain. Guillermo était passé au magasin Nicolas qui venait d'ouvrir près de chez lui et qui proposait quelques références chiliennes dans la section consacrée aux vins du monde. Il dut néanmoins faire profil bas car Nathanaël avait prévu un magnum de champagne Telmont 1973 pour l'apéritif et du Château Latour 1978 pour le déjeuner.

La table avait été dressée avec goût et Nathanaël avait eu la fantaisie de faire faire des bouquets tricolores bleu, blanc et rouge, de façon à évoquer les couleurs des drapeaux français et chiliens. Sa volonté de solennité avait de quoi faire sourire, mais il était assez touchant de voir à quel point il souhaitait donner à ce déjeuner une touche historique. Il porta un toast au Chili, ce grand pays qui retrouvait enfin sa vie démocratique, et également à toutes ces familles déracinées et exilées qui avaient dû quitter leur terre contre leur gré. Il en profita pour réaffirmer aux Inostroza qu'ils seraient toujours les bienvenus chez les Stern et qu'ils devaient les considérer comme leur famille. María Paz lui répondit en disant que la plus belle chose qui leur soit arrivée en France avait été la rencontre de Guillermo et d'Ethan. Non seulement, Guillermo avait pu être intégré socialement mais aussi construire des relations fortes avec des Français accueillants. Cela lui avait permis de gagner en confiance, de réussir Sciences Po et par ailleurs de rencontrer Diane. Elle conclut, non sans second degré, que c'est grâce à Pinochet que tout cela avait pu se réaliser.

L'ambiance était excellente. Ethan et Guillermo relataient les événements les plus incongrus de leur voyage au Chili avec une peinture au vitriol des jeunes de la *clase alta*. Diane se laissait aller à quelques commentaires et analyses sur le début du second mandat de François Mitterrand et elle menait le débat avec María Paz et Nathanaël. La blanquette de veau avait été particulièrement applaudie. Puis vint le tour de Déborah, qui mettait en boîte ses frères et leur vie sentimentale dissolue.

Après une tarte citron meringuée à la crème subtile, le café fut servi dans le salon. Nathanaël voulut fumer un cigare, mais sa fille l'en empêcha, au motif qu'il allait enfumer la pièce et incommoder ses hôtes. Guillermo était sorti quelques instants et, en passant dans l'entrée, s'était figé devant ce tableau qu'il aimait tant. Il sentit une main se poser sur son épaule. C'était une main d'homme avec des taches de vieillesse. Nathanaël était à sa gauche et regardait le tableau avec lui.

« Tu as toujours aimé ce tableau, Guillermo. Je l'ai remarqué à de multiples occasions.

— Je trouve que cet uniforme est magnifique et je pense souvent à l'aspect romantique des guerres napoléoniennes. Ces unités de soldats étrangers intégrées aux troupes de l'Empire qui allaient se battre aux confins de celui-ci, souvent pour y trouver la mort.

— Guillermo, je ne sais pas quand tu t'installeras dans un appartement à toi. J'imagine qu'il te faudra attendre de démarrer ta vie professionnelle. Mais quand ce jour arrivera, je te ferai livrer ce tableau. Il faut que tu aies un mur suffisamment haut pour l'accrocher, mais je tiens à ce qu'il soit chez toi et que tu puisses le regarder tous les jours.

— Mais Nathanaël, ce tableau vaut une fortune, vous m'aviez dit que c'était un contemporain de Delacroix qui avait une certaine cote. »

Nathanaël marqua un temps d'arrêt.

« Ce que tu as fait pour ma famille, pour la mémoire de tous les nôtres, vaut plus que tous les tableaux du monde. Je ne l'oublierai jamais. »

Guillermo avait gardé les yeux rivés sur le lancier polonais pendant leur échange. Lorsqu'il tourna la tête, Nathanaël était déjà reparti en direction du salon. En venant s'asseoir dans le canapé à son tour, il jeta un regard appuyé et semi-réprobateur à Ethan. Il lut dans les yeux de ce dernier et comprit qu'ils étaient désormais trois à partager leur secret. Nathanaël sortit finalement une bouteille de bas-armagnac de 1939. Il se servit une belle rasade dans un verre ballon et porta le liquide à ses lèvres. Il regarda Guillermo et son visage s'éclaircit.

Madrid, février 2023